뜻하지 않는 기쁨

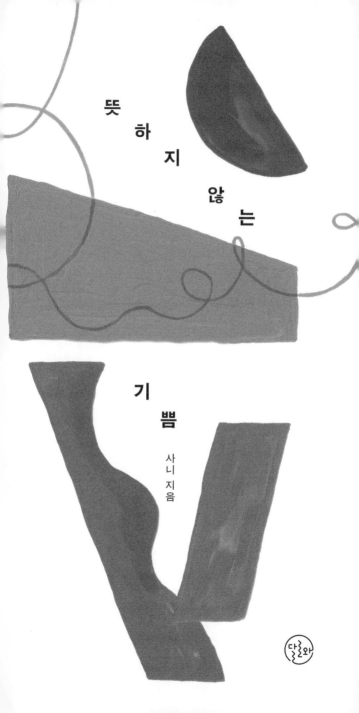

뜻하지 않는 기쁨

사니 지음

정보의 개천

정보의 바다가 아직 개천이던 시절. '알아볼게'라는 말이 인터넷 검색창을 의미하지 않던 시절. 주변 사람에게 수소문을 하거나 신문, 혹은 책을 뒤지는 것이 일반적이던 시절. 싸이월드와 네이버가 출범한 지 3년도 채 되지 않았던 그해, 열아홉의 나는 만화를 배우기 위해 지도 한 장 달랑 들고 일본으로 향했다.

당시에도 유학을 떠나는 친구들은 꽤 있었다. 굳이 타국이 아니더라도 졸업 후 고향을 떠나 낯선 도시로 거주지를 옮기는 일은 흔하다. 새로운 학교와 기숙사, 새로운 일터, 새로운 풍경, 새로운 일상이 시작되는 것이다. 낯선 것을 맞닥뜨린 우리는 정보를 모으기 시작한다. 마치 위기 경보라도 들은 것처럼, 1초라도 난감한 상황에 빠지면 큰일 날 것처럼. 가진 정보의 양만큼 불편함도 사라지리라 굳건히 믿으면서.

손에 종이 지도 대신 스마트폰을 든 지금, 우리는 훨씬 더 많은 정보를 쉽게 얻을 수 있다. 지구 반대편 나라의 작은 골목에 새로 생긴 맛집 메뉴도, 그 음식이 어떤 맛인지도 알 수 있다. 먼저 가서 먹어본 사람들의 자세한 사진과 친절한 설명을, 클릭 몇 번만으로 볼 수 있으니까 말이다. 이사 갈 동네의 버스와 지하철 노선도 문제없다. 우리는 주차가 가능한 골목과 출퇴근 지름길, 자주 들러도 좋을 가게까지 모든 예습을 마치고 나면 비로소 이렇게 말한다.

"완벽해."

낯선 것을 익숙한 것으로 바꾸는 작업이 모두 끝났다. 자취방 고르기에 실패할 일도, 메뉴 선정에 실패할 일도 없다. 새로웠지만 더 이상 새롭지 않은 것을 안전하게 즐기기만 하면 되는 것이다. 그러나 어디 세상이 마음먹은 대로 돌아가 주던가. 예나 지금이나 예상치 못한 상황은 반드시 일어나고야 마는 것. 실개천에서 바가지로 정보를 긁어모으던 때에도, 손가락 하나로 유조선급 정보를 쑥쑥 퍼 올릴 수 있는 지금도, 1초 뒤에 무슨 일이 일어날지 예측할 수 있는 사람은 없다.

"교토에 만화 대학이 있다던데, 거기에 가보면 어때?"

먼저 권유해 주신 건 부모님이셨다. 꼬꼬마 시절

부러 내 장래 희망은 늘 만화가였다. 쉬는 시간마다 만화를 그려서 반 친구들에게 돌리는 애. 그게 나였다. 6학년 때는 영화를 만들어 보겠다고 전학 간 지 얼마 되지도 않은 학교에서 친구들을 모아 배역을 주고 함께 대본 연습을 했다. 일기장에 소설을 써내기도 하고 등하굣길마다 머릿속으로 CF 장면을 구상하곤 했다. 공부보다 공상에 빠져 지내는 딸을 보며 저대로 놔뒀다간 밥 벌어먹기 힘들겠구나 생각하셨던 걸까. 어쨌든 말도 안 되게 감사한 일이었다. 생존력 수치가 0에 가까웠던 나도 배짱 좋게 그러겠노라 했다. 지금 생각해 보면, 꿈을 실현할 수 있다는 도전 정신까진 아니었던 것 같다. 이대로 가다가 밥 벌어먹기 힘들 것 같은 사람으로서, 가장 좋은 선택지를 택했을 뿐이다.

그리하여 고3 여름방학, 가까스로 수능을 피하여 '오사카 한 달 살기'라는 길목에 입성했다. 「센과 치히로의 행방불명」이 개봉하던 2003년 7월이었다. 어떻게 보면 그때의 나도 치히로와 비슷한 처지였다. 유바바의 온천에서는 핸드폰이 터질 리 없을 테니까. 로밍이란 개념도 잘 몰랐던 때라 018로 시작하는 애니콜 폴더폰은 한국에 얌전히 놔둔 상태. 달걀같이 생긴 일본 핸드폰을 임시로 만들었지만 미아 방지 목적 외에 딱히 쓸모는 없었다. 아무튼. 안드로메다로 날아간 정신을 어떻게든 붙잡아 땅에 발붙여야 하는 '진짜 현실'이 닥치고 말았다. 심장이 오들오들. 솜털이 오소소. 긴장에 감전되었다는 표현이 딱 맞을 것이다.

한여름의 오사카는 찜통이었다. 그래도 일단은 여행이란 걸 왔으니 돌아다니기로 했다. 길을 잃어버릴 걱정 때문에 집에만 박혀 있을 수는 없으니까. 태생적 집순이가 생전 처음 가는 나라를 동행인도, 정보도 없이 돌아다니기란 힘든 도전이었다(지금이야 오사카는 관광객 천지이지만, 그 당시에는 자국민 비율이 훨씬 높았다). 이방인이 되어 한가한 빌딩 숲을 이리저리 헤맸다. 치마 정장을 입은 한 여성이 자전거를 타고 지나간다. 만화 속에서만 보던 거대한 뭉게구름을 올려다보기도 한다. 그리고… 상점가에 들어선 지 30분도 안 돼서 길을 잃었다. 보고 있나, 치히로?

챙이 달린 하얀 모자를 쓰고 걸어오는 할머니에게 길을 물었다. 다행히 엄청 친절하고 자세한 답변이 돌아왔다. 못 알아들어서 슬플 뿐. 다 이해한 척 해맑게 인사한 후 할머니의 손가락이 가리킨 곳까지 걸어갔다. 또다시 길을 물어보고, 또다시 길을 헤매길 반복했다. 간판에 달린 커다란 게가 다리를 움직이는 곳에서 멈춰 섰다. 분명 여기 왔던 것 같은데. 머리가 어질어질하다. 저 게처럼 쪄 죽기 전에 빨리 더위를 식혀야겠다. 대충 눈에 보이는 거리를 훑는데 뭔 간판마다 온통 센과 치히로 그림이다. 그중 가오나시가 먹고 있는 초록색 소프트아이스크림에 눈이 갔다.

'이게 뭐야? 맛챠 아이스크림…?'

한 입 베어 먹는 순간. 세상에, 눈이 번쩍 뜨였다. 말차가 이렇게 맛있을 줄이야. 소프트아이스크림은 바닐라, 초코, 딸기 맛밖에 모르던 나에게 말차는 신세계였다. 어깨가 으쓱해진다. 길을 헤맬 때는 느끼지 못했던 자신감이었다. 내가 내린 선택에 대한 자신감. 첫 발견의 기쁨은 오롯이 내 것이었다.

잠깐, 여기서 밸런스 게임.

추천 맛집을 알아본 뒤 찾아가 베스트 메뉴를 먹었다! vs 아무거나 골라 먹었는데 유명 맛집 베스트 메뉴였다!

어느 쪽이 더 행복한가? 잘 모르겠다면 하나 더.

내가 좋아하는 작가 강연회를 찾아가 즐겁게 대화를 나눴다! vs 즐겁게 대화를 나누던 옆자리 사람, 알고 보니 내가 좋아하는 작가였다!

어느 쪽이 더 행복한가? 물론 정답은 없다. 사람마다 다를 테니까. 미리 알아보았다면 기다리는 즐거움이 있을 테고, 모르면 모르는 대로 발견하는 즐거움이 있을 것이다. 참고로 도톤보리 상점가는 내게 후자였다. 길을 잃고 헤매고 다니던 곳이 그렇게 유명한 거리인 줄은 몰랐다. 그래서 지금도 도톤보리는 내게 유명인이기보단 옆자리 사람 같은 곳이다. 내가 발견한 시원한 말차 소프트아이스크림과 오래된 그릇 가게가 있었던.

뜻밖의 우연은 뜻밖의 즐거움을 선사한다. 내 계획대로 흘러가지 않은 곳에 좋은 것이 찾아왔을 때 몇 배나 더 행복하고 오래 기억이 남는다. 어린 왕자의 여우는 오후 네 시에 친구가 올 것을 알면 세 시부터 행복해질 거라 했다. 알고 기다리는 것이 주는 행복감이다. 하지만 나는 여우가 어린 왕자를 만났던 첫날, 그러니까 영원히 기억에 남을 어떤 행복이 예고도 없이 갑자기 나타난 그 우연의 순간에 대해 이야기하고 싶다. 인생에 우연을 만났던 날들과, 우연을 기대하는 방법에 관하여.

목차

알고 보니 섀도잉

"조금 더 있으면 사진으로 대화하는 세상이 올 거야."

일본으로 떠나기 전, 사촌언니가 내게 말했다.

"사진으로 대화를 한다고?"

"응. 동물원에 가서 호랑이를 봤다면, 거기서 네가 직접 찍은 호랑이 사진을 보여주는 거야. 동물 다큐나 백과사전에 나온 호랑이 사진을 보여주는 게 아니라."

이게 대체 뭔 말이다냐. 호랑이가 어떻게 생겼는지 모르는 사람이 어디 있다고 굳이 사진을 찍어서 보여준다는 거지. 대수롭잖게 한 귀로 흘려보내고 몇 달 뒤.

일본에 도착한 나는, 모든 사람의 핸드폰에 카메라가 달려 있다는 것을 깨달았다. 핸드폰으로 무언가를 찍는 시민들의 모습이 뉴스에도 자주 나왔다. 언니의 말이 번쩍하고 머릿속에 스쳐 갔다. 시대의 급변을 온몸으로 느낀 순간이었다.

2년 차이로 한국도 금세 핸드폰 카메라가 상용화되었다. 이제는 사진과 동영상을 주고받는 일상이 당연해졌고 AI 핸드폰까지 나왔으니, 곧 스마트폰의 시대도 저물 것이다. 바야흐로 지식의 바다 너머 지식의 우주를 항해하는 때가 된 것이다.

결혼 후, 가족들과 함께 중국에 갔을 때다. 당시 부모님이 중국에서 사업을 하고 계셔서 한국에 자주 들어오질 못하셨다. 아파트 인터넷이 불안정해서 통화하기 힘들다는 건 알고 있었는데, 막상 가보니 인터넷이 느린 게 아니라 아예 안 되는 수준이었다. 사진이며 동영상이며 잔뜩 찍었건만 SNS에 업로드는커녕 로그인조차 할 수 없었다.

하루 이틀은 버릇처럼 자꾸만 핸드폰을 만지작거렸다. 먹통인 걸 알면서도 혹시나 하는 마음에 다시 켜길 수차례 반복했다. 사흘부터는 카메라 용도로만 사용했고, 나중에는 배터리가 나간 줄도 모르고 지냈다.

대신 낮잠을 많이 잤다. 매일 한두 시간가량은 기절하듯 소파에 누워 있었다. 아침마다 망치를 들고 호두를 까먹거나 엄마의 요리에 내 손맛도 조금 보태기도 했다. 돌도 안 지난 아이와 멀리 돌아다니기 힘든 만큼 집에서 가족들과 많은 시간을 보냈다. 이때 느꼈던 한가로움을 지금도 잊을 수가 없다. 수많은 SNS의 텍스트가 음소거되었던 시간. 자의 반 타의 반으로 훑어보던 남의 사진첩을 덮고 가만히 주위를 둘러보던 시간. 그 시간은 온전히 나만의 것이었다. 굳이 몰라도 되는 것을 놓아버리자, 편안함이 찾아왔다.

교육률이 낮았던 시대엔, 아는 것이 힘이라고 가르쳤다. 요즘엔 몰랐다간 생존하지 못한다고들 한다. 내 말 안 들으면 땅을 치고 후회할 거라 말하는 사람들이 영상마다 나온다. 땅을 치고 후회하지 않기 위해 허겁지겁 이 말 저 말 들어보지만 어째서인지 더 불안해진다. 듣고 나면 '그렇게 후회할 것 같진 않은데?' 싶어서 배신감도 든다. 그래서 그런가. 또 다른 유명인이 자기 말을 들어보라 한다.

"이 시대에는 필터링하는 능력, 잘 질문하는 능력이 무엇보다 중요합니다."

능력이 또 필요하다. 이러다 히어로가 될 것 같다. 나는 그저 구불거리는 인생을 가치 있게 살아나가고 싶은데, 사람들은 연 수입 1억을 향해 내 등을 떠민다. 시간 관리 능력, 재테크 능력, 퍼스널 브랜딩 능력, 잘 질문하는 능력….

만약 누군가 내게 우선적으로 하나의 능력만 골라보라 한다면, 나는 이렇게 대답할 것 같다.

"지식을 한계 지을 줄 아는 능력이요."

모르는 걸 배운다는 것은 참 즐거운 일이다. 모르면 뒤처져 죽을 수도 있다는 위협만 없다면 말이다. 그 위협은 이런 느낌에 가깝다.

잠깐 손 놓고 있다가 모두가 떠난 망망대해에 남아서 상어 밥이 되면? 누군가는 쏠쏠한 팁을 얻고 가는 그 시간에 나만 딴짓하다 후회만 남을 20대, 30대, 40대를 보낸다면? 무슨 영양제와 어떤 운동이 최적의 선택인지 몰라 건강을 잃고 일찍 죽으면? 반드시 알아야 할, 모르면 땅을 치고 후회할 '그 정보'를 나만 몰라서 손해 보고 인생 망하면 어떻게 되는 거지?

듣기만 해도 숨이 턱 막힌다.

일본에서 그림을 배우기 위해 내가 가장 먼저 해

야 했던 일은, 언어를 습득하는 것이었다. 독학이 쉽지 않던 시절이었지만 학원에 다니기에는 집이 너무 변두리라 어찌어찌 어렵게 과외 선생님을 구했다. 작은 키에 커트 머리, 동그란 안경, 송은이를 닮은 선생님이었다. 수업 때마다 먼 길을 기꺼이 와주신 선생님은 매번 읽기 숙제를 내주셨다. 눈앞에서 확인을 받아야 했으므로 저절로 발음에도 신경 쓰게 되었다. 처음에는 버벅대지 않는 것이 목표였지만, 갈수록 욕심이 붙었다. 완벽하게 하라고 한 적도 없는데 완벽하게 따라 읽으려 애를 썼다.

H.O.T 노래만 듣던 빨간색 카세트 플레이어에 일본어 테이프가 꽂혔다. 책의 글자마다 악센트를 표시했다. 억양이나 토씨가 하나라도 틀리면, 재생 역재생을 무한정 눌러 계속 반복했다.

최근에는 언어를 독학할 수 있는 방법이 훨씬 많아졌다. 비행기를 타본 적도 없는데 영어 발음이 현지인 뺨치는 사람들의 인터뷰도 심심치 않게 볼 수 있다.

'현지인처럼 말하는 비법… 섀도잉?'

궁금함을 참지 못하고 영상을 클릭했다.

"일단 따라 읽을 문장이 적힌 지문이 있어야 하

고… 오케이. 거기에 인토네이션을 표기하고…."

으응…?

"똑같은 속도와 높낮이로 따라 읽을 수 있을 때까지…."

잠깐. 그거 20년 전에 했던 건데. 20년이 지나는 동안 그렇게 멋들어진 이름이 붙었단 말이야?

열심히 받아적던 손놀림이 멋쩍게 멈춘다.

이렇게 '섀도잉'이란 이름까지 붙은 걸 보면, 다른 사람들도 이 방법을 자연스레 사용했나 보다. 아마 유튜브도 넷플릭스도 라디오도 없던 시절에 태어난 사람들 또한 그랬겠지. 삼국시대 이전에도 사람들은 국경을 넘었고, 미영, 서촉, 유구, 섬라곡국의 사람들과 소통하기 위해 어떻게든 언어를 습득해야 했을 테니까. 뭐, 그때는 펜 대신 붓을 들고 화선지에 억양의 높낮이를 표시했을지도 모른다.

누군가 가르쳐 주지 않아도 우리는 스스로 최선의 방법을 찾아낸다. 섀도잉이 뭔지 모르는 채로 섀도잉을 한 것처럼. 섀도잉이 아닌 또 다른 여러 갈래의 효과적인 방법을 찾아내고야 마는 것처럼.

사막의 모래알처럼 많은 정보 속에서 불안감이

엄습할 때는, 먼지를 툭툭 털고 일어나 버리는 게 상책이다. 어느새 무릎까지 덮은 모래알을 헤치고 나와야 한다. 그리고 히어로처럼 막대기를 들고 한계선을 긋는다.

"몰라도 괜찮을 권리가, 나에게는 있어."

대사도 딱 날려주면서.

찾아야 하는 것은 더 굵고 빛나는 '모래알'이 아니라 오아시스로 향하는 '길'이지 않던가. 진짜 놓치면 큰일 나는 것은 방향을 알려주는 하늘의 별이 아니던가.

헤맴의 미학

나는 길치에 방향치다. 어느 건물이든 화장실에 들어갔다 나올 때면 항상 반대 방향으로 몸을 꺾어, 막다른 벽을 보고 움찔하고 만다. 고등학생 때는 남자 화장실에 잘못 들어갔다가 볼일 보던 오빠들에게 뒷덜미를 붙잡혀 나온 적도 있다. 이렇듯 화장실도 헷갈리는 수준이라 교통 노선도 단순한 걸 선호한다. 버스보다 지하철이 몇 배나 안심되는 이유이기도 하다. 물론 아직도 순환선(2호선)은 방향을 헷갈리지만…(두세 번씩 확인하고도 다른 방향을 타는 건 정말이지 타고난 재능이지 않나 싶다). 20년을 살아온 모국에서도 이 정도였으니, 오사카 전철 노선도를 보고는 어떤 표정을 지었을지 상상에 맡기겠다.

"여기서 여기까지는 갈아탈 수 있고, 여기서는 아예 나와서 티켓을 다시 끊어서 JR선 역으로 들어가야 돼."

"JR선… 오케이."

"아무 JR선 아니고 야마토지센. 한와센 타면 와카야마현으로 간다."

아는 언니의 신신당부에, 나는 멈추는 역마다 고개를 돌려대는 미어캣이 되었다. 손에 땀을 쥐고 역무원의 코맹맹이 소리에 바짝 귀를 기울였다. 다행히 와카야마현으로 가는 불상사는 일어나지 않았다. 학교에 지각하는 일도 없었고, 선을 바꿔 타거나 내릴 역을 지나치지도 않았다. 한 치의 오차도 없이, 조금의 실수도 없이 매일 같은 시간, 같은 풍경을 오갔다. 갈아타는 역에서 잠깐 밖으로 나가 구경 좀 한다고 큰일이 나는 것도 아니었는데. 전혀 유명하지 않은 어느 생소한 역에 내려, 한가로운 주택가를 산책하는 것도 꽤 근사한 추억이 되었을 텐데 말이다.

초등학생 시절에는 곧바로 하교한 적이 드물었다. 길고양이 무리를 보면 눌러앉기 일쑤였고 고양이보다 한참 작은 개미 구경도 재밌기만 했다. 벽돌같이 무거운 책가방을 들고서 여기저기 잘만 기웃거리고 다녔다. 그런 나를 아파트 복도에서 내려다보는 엄마는 복장이 터지셨지만.

왜 어른이 될수록 헤매지 않으려 애를 쓸까. 실수

24

에 따르는 손실이 피곤해서? 점점 떨어지는 체력 때문에 효율을 중시하게 돼서? 아이보다 살날이 짧아서? 아마도 이 모든 가설과 더불어 가장 그럴듯한 이유는, '불안함을 느끼고 싶지 않아서'이지 않을까.

'헤맴'은 수동적이다. 헤매고 싶어서 헤매는 사람은 없다. 잘 몰라서, 길을 잘못 들어서, 잘못 판단해서 헤멘다. 그래서 헤매는 시간은 가슴이 꽉 막힌 듯 답답하고 초조하고 무기력해진다. 이런 걸 즐기려고 입장료까지 내면서 미로공원에 들어가는 사람도 있긴 하지만 뭐, 그 입장료는 안전한 스릴과 탈출을 대가로 하는 거니까.

중요한 약속에 지각하는 것만 아니라면 가끔은 헤매는 것도 좋지 않을까…라고 멋지게 말하고 싶은데. 나는 기말고사 당일에 헤매본 적도 있다. 그것도 2년 동안 매일같이 등교하던 길을!

함박눈이 펑펑 내려서 길이 하얗게 덮이던 날이었다(아아, 길치의 삶이란). 늘 타던 360번 버스가 오는 게 보였고 급히 뛰어가 잡아탔다. 버스 카드를 찍고, 손잡이를 잡고, 창밖을 바라보는 순간.

'버스가… 반대로 간다?'

뭐야 뭐야 뭐야, 비명을 삼키며 벨을 눌렀다.

'왜지? 왜 반대로 탔지?! 왜 하필 시험 당일에 이런 바보 같은 실수를 하는 거야!!!'

'얼른 내려서 반대 방향 버스 타야지. 어차피 한 정거장이니까 시간은 괜찮아.'

스스로를 위안하며 열심히 고개를 돌려댔다.

그 한 정거장이 엄청나게 긴 거리임을 깨달은 건 5분이 지나서였다. 도무지 멈출 줄 모르고 달리던 버스는 급기야 긴 터널로 들어서고 말았다.

'망했다.'

깜깜한 터널 안에서 두 눈을 질끈 감았다. 손이 덜덜 떨리고 다리가 후들거렸다. 성적에 목맨 적은 없지만 빵점만은 피하고 싶었다.

"너 왜 늦었어?"

"버스를 잘못 타서."

"왜 버스를 잘못 타?"

"눈이 오니까 길을 헷갈려서."

안 돼. 안 된다. 이런 식으로 바보가 될 순 없다고. 공상가의 머릿속에서 최악의 시나리오가 펼쳐지고 있던 순간, 고막이 먹먹해지면서 시야가 하얘졌다. 터널을 빠져나온 것이다. 찡그린 눈을 반쯤 열던 나는, 헉하고 턱을 떨어뜨렸다.

설국. 한 번도 입 밖으로 내본 적 없는 단어가 반사적으로 떠올랐다. 반대로 달리는 버스의 차창 너머, 말 그대로 거대한 설국이 펼쳐져 있었다. 빽빽하게 솟은 아름드리나무들이 하얗게 우거져 도로까지 가지를 드리우고, 밀가루를 함빡 뒤집어쓴 듯한 숲은 온통 햇빛으로 반짝였다. 꼭 대관령이나 한라산 정상으로 순간 이동을 한 것만 같았다. 빨리 내려야 한다는 생각마저 싹 날아갈 만큼 대단한 절경이었다. 그렇게 새하얀 마을을 한참 지나 버스에서 내렸다.

천만다행으로 지각은 면했다. 왜 이렇게 늦었냐는 친구의 물음에 순순히 '버스를 잘못 타서'라고 대답했다. 왜 버스를 잘못 탔냐는 질문이 돌아오기 전에 시험이 시작되었고, 두근거리는 심장을 달래며 무사히 시험을 치렀다. 무슨 과목인지는 기억나지 않는다. 20년이 지나 내 머릿속에 남은 것은, 어이없는 실수와 그 실수가 가져다준 풍경뿐이다. 그토록 긴 터널이 대체 언제부터 거기 있었던 걸까. 거미줄

같은 구시가지를 단번에 벗어나 한적한 시골로 데려다 놓은 기묘한 터널. 고작 한 정거장 반대로 갔을 뿐인데 생각지도 못한 세상을 만난 날. 어쩌면 최악의 날이 될 뻔한 그날은, 내게 도무지 잊지 못할 재밌는 하루가 되었다.

…라고 마무리 지으면 참 좋을 텐데. 사실 난 대학 시험 전날에도 길을 잃었다(길치의 삶이란x2).

일본에 도착한 뒤, 나는 대학원생 언니에게 1년간 입시 미술을 배우러 다녔다. 대망의 시험을 하루 앞두고 마지막 수업을 끝낸 날이었다. 자전거로 편도 30분이 걸리는 길을 돌아가는데, 그날따라 근처 호수 공원이 가고 싶어졌더랬다. 잔디밭을 쭉 지나 자갈이 깔린 공원 안쪽 길로 들어섰다. 보통은 1분도 안 되어 호수가 딱 나타나는데, 무슨 일인지 5분을 달려도 계속 자갈길이었다. 설상가상 이슬비까지 추적추적 내리기 시작했다. 이러다간 정말 산길로 들어선 채 방향까지 잃을까 싶어 얼른 오던 길로 되돌아갔다. 한 번도 헷갈린 적 없는 길을 왜 그날따라 헷갈렸는지는 미지수다. 돌아 나오는 길이 왜 그리 오래 걸렸는지도 모르겠고. 뭐, 버스를 잘못 탄 이유랑 비슷한 게 아닐까.

이리저리 헤매다 겨우 출발점으로 돌아왔을 땐, 정수리부터 분무기로 물을 골고루 맞은 듯한 몰골이 되어 있었다.

"아우, 하필 오늘 왜 여길 와서는…."

젖은 머리카락을 이마에서 떼어내며 툴툴거리던 순간.

"어? 어!!!"

급히 자전거를 멈춰 세웠다. 먹구름 사이로 뻥 뚫린 하늘, 그곳에는 무지개가 걸려 있었다. 그것도 진한 빛깔의 쌍무지개가. 손에 잡힐 듯 어른거리는 무지개는 얼른 출발해야겠다는 생각마저 사라지게 만들었다.

'합격이다! 감사합니다!'

좀 어이없긴 해도, 진짜 그런 확신이 들었다. 자전거 왕복 한 시간 거리. 비가 오나 눈이 오나 더위를 먹어 드러눕는 폭염이거나, 나는 그동안 열심히도 오르막길을 올랐다. 그것조차 그림을 배우는 시간이었다. 그러니까 지금 하늘에 걸린 저 두 겹의 무지개는, 배움의 한 단계를 마무리 짓는 내게 위로이자 약속이나 마찬가지인 거다.

나는 무지개가 시야에서 사라질 때까지 천천히 걸었다. 자전거가 느릿한 체인 소리를 달그르르 내며 보조를 맞춘다. 마침내 자갈길을 빠져나가 내리막길을 달릴 즈음에는 하늘도 파랗게 개어 있었다.

본투비 길치도 헤맴에 늘 당황한다. 하지만 헤맴이 꼭 나쁜 것만은 아니었다. 목적지를 이탈해야만 볼 수 있는 풍경도 꽤 근사했으니까. 길을 잘못 들어도 괜찮다. 낯선 길로 들어섰다가 실수로 중력을 잃어 우주로 날아가거나, 요괴가 득실대는 온천으로 떨어지지 않는다. 오히려 우연한 것들은 목적지를 이탈해야 찾아온다.

벗어나 봤자 동네 안이지. 잘못 들어가 봤자 공원 안이지. 헤매봤자 오사카 안이지.

당당한 혼잣말로 차라리 너그럽게 주변을 돌아보면 어땠을까. 두둑한 추억 주머니 속 구슬들은 보통 그렇게 채워지는 것일 테니.

선물

입시가 한 달 앞으로 바짝 다가선 1월의 어느 날. 나는 희끗한 눈발 사이로 열심히 자전거 페달을 밟았다. 오르막길이라 그리 춥지는 않았다. 오히려 푹 눌러쓴 털모자 안으로 땀이 맺힐 정도다. 한 사람 겨우 다닐 좁은 인도에 하얀 바퀴 자국을 그리며 오른발 왼발 굴리다 보니 어느새 제이언니네 기숙사에 도착했다. 이 길로 다닌 지도 일 년이 다 되어가는구나. 스치듯 짧은 감회를 느끼며 기숙사 앞에 자전거를 세웠다. 젖은 장갑을 툭툭 털고 자전거 바구니에서 화구통을 꺼내 든다.

대학원생인 제이언니는 매주 한 번씩 내게 그림을 가르쳐 주었다. 말하자면 개인 과외다. 만약 내가 이 대학에 합격한다면 언니의 후배가 될 것이다. 그때쯤 언니는 대학원을 졸업해 이 동네를 떠나겠지만.

"왔어?"

후배가 될지 안 될지 아직 알 수 없는 나를 맞아 언니가 현관문을 열어주었다. 늘 그렇듯 '으이구'스러운 웃음을 흘리면서. 한참을 달렸으니 내 볼때기가 시뻘갰을 것이다. 지난 여름 더위 먹고 널브러졌던 날도 볼때기가 시뻘갰다. 그리고 그때도 언니는 으이구, 웃으면서 수박 몇 조각을 잘라 주었다. 하여튼 여름이나 겨울이나 볼때기는 시뻘건 게 기본인가 보다. 우리는 어두컴컴한 복도를 지나 어두컴컴한 방으로 들어갔다. 대낮에 불을 다 켜놔도 오밤중인 것만 같은 이 기숙사는 어쩐지 우울한 기분마저 드는데, 그 속에 언니가 있는 풍경은 조금 달랐다. 꼭 은둔한 예술가의 방 같달까. 다다미 냄새에 섞여 배어난 물감 냄새. 여기저기 말려둔 종이에서 올라오는 은은한 구아슈 냄새가 어느 향수보다 더 기분 좋았다. 탁한 듯 투명한 언니의 그림들도 무척이나 마음에 들었다.

우리의 수업 시간은 늘 조곤조곤 흘러갔다. 사각거리는 연필 소리, 여기는 이렇게 저기는 저렇게 하면 좋겠다 설명하는 차분한 목소리만 간간이 들릴 뿐이다. 그러다 언니는 연필 소리가 언제 지루해지는지를 기가 막히게 알아채곤, 슬쩍 새로운 이야기를 꺼냈다. 그럴 때면 나도 눈을 동그랗게 뜨고 귀를 기울였다. 목소리와는 달리, 언니의 이야기들은 결코 차분하지 않았기 때문이다. 띠동갑인 언니가 나보다 조금 앞서 이곳에 와 겪었던 삶. 잔잔한 음성을 타고 퍼지는 문장들은 소설보다 생생하게 살아 움직였다.

카페 알바생 시절 매번 파르페만 주문하던 단골 야쿠자들 얘기, 좋다고 따라다니던 남자를 걷어찬 얘기. 그다음 남자도 걷어찬 얘기. 지금은 쪼금 후회한다는 얘기. 교통사고를 두 번이나 당해 망가진 손목 얘기. 그 망가진 손에 한 끼 먹을 돈밖에 안 남았을 때의 서러웠던 얘기, 하필 마주친 부랑자에게 그 돈마저 쥐여주고 울어버린 얘기….

조각난 이야기들이 언니의 목소리를 타고 무심히 흘러나온다. 나는 깔깔 웃거나 혹은 놀라거나 어떨 때는 묵묵히 고개를 끄덕이며 내가 보지 못한 그녀의 인생을 그려봤다. 그렇게 한 해 동안 얼기설기 엮인 이야기 위로 두터운 구아슈 냄새가 나는 것만 같았다. 마지막 수업까지 앞으로 한 달, 이 이야기도 몇 페이지 남지 않았다. 마지막 장을 덮는 날엔 무슨 기분이 들려나.

두 시간이 훌쩍 지나갔다. 안 그래도 캄캄한 기숙사에 완전한 어둠이 내려앉았다. 나는 흑연 가루가 골고루 묻은 종이를 돌돌 말아 화구통에 넣었다. 삐걱거리는 복도를 걸으며 패딩을 걸치고, 털모자를 쓰고, 장갑을 꼈다. 현관문을 열자 펑펑 쏟아지는 함박눈이 안까지 들이친다.

"눈이 많이 내리네. 갈 수 있겠어?"

따라 나온 언니가 걱정스레 물었다. '으이구'스럽게 웃는 얼굴을 보니 괜찮다는 말이 절로 나왔다. 자전거 바구니에 화구통을 넣고, 자전거 열쇠를 끼우고, 조심조심 뒷걸음질로 핸들을 돌렸다.

"빌려주고는 싶지만 이건 내 거라서, 참…."

언니는 자신의 자전거 안장을 멋쩍게 쓰다듬었다. 두툼한 털실로 짜인 안장 커버다. 직접 만든 거라고 자랑까지 했던.

"예예, 됐습니다."

짜게 식은 얼굴로 돌아서니 뒤에서 키득거리는 소리가 들렸다. 나는 브레이크를 꽉 잡은 채 아직 얼지 않은 비탈을 조심스레 내려갔다. 하얀 눈이 뽀드득하고 눌린다. 아무렴, 소나기보다야 함박눈이 훨 낫지.

"갈게요."

"조심히 가."

바퀴 옆 체인이 차르르 돌아가고 기숙사를 비추던 가로등 불빛이 휙 멀어졌다. 아까 낑낑대며 올라왔던 오르막길이다. 복수하듯 신나게 내려가고 싶지만 자칫 미끄러져 온몸으로 눈바닥에 도장을 찍을 수 있으니 자제해야 한다. 조그만 턱을 넘을 때마다 화구통이 덜컹덜컹 요란하게 들썩였다. 한 달 앞에 놓인 수험보다 지금은 요 내리막길에 쌓인 눈이 더 걱정이었다.

'…살아 돌아왔다.'

자전거를 세우며 나는 길게 한숨을 내쉬었다. 휴, 오는 동안 한 번도 안 넘어졌다. 1년간 오만 날씨에 빨빨거리고 돌아다니니까 어느 정도 스킬이 오른 거지. 이상한 부심에 어깨가 막 올라가는데, 아차차. 잘 도착했다고 연락이라도 드려야겠다. 얼른 오른쪽 장갑을 벗어 주머니를 뒤졌다.

바스락바스락.

'……응?'

핸드폰이 들어 있는 주머니에서 이상한 게 잡혔

다. 주섬주섬 꺼내 든 손바닥을 천천히 펼쳐보았다. 스니커즈 미니 초콜릿. 그리고 포장지에 붙어 있는 노트 쪼가리. 이게 왜 여기 있을까. 나는 쪽지임에 틀림없을 구겨진 종이를 펼쳤다.

오늘 수고 많았어.

작지도 크지도 않은 글씨 몇 자는 제이언니의 것이었다. 뜨듯한 행복감이 스며들었다. 그러고 보니 오늘 자 이야기가 '서프라이즈 선물'에 대한 내용이었던가.

"자고로 선물은 서프라이즈로 주는 거야."

본론은 기억도 안 나지만 하여튼 서프라이즈가 최고라는, 그런 희미한 잡담이었는데. 그게 이 미니 초코바에 대한 복선이었나 싶어 웃음이 났다. 초코바는 달콤했다. 그해 봄이 오기 전 받았던 대학 합격 소식만큼이나. 진짜 선배가 된 제이언니는 내게 축하한다며 웃었을 것이다. 나도 그간의 가르침에 진심으로 감사를 전했을 테고. 그런데 지금은 그런 대화가 하나도 기억나지 않는다. 어두컴컴한 언니의 방과 조곤조곤했던 수업 시간, 함박눈에 젖은 초코바만 진하게 남아 있다.

타코야끼가 뭐야?

타코야끼. 그게 뭘까. '야끼'로 끝나니까 먹는 건가.

난생처음 들어보는 단어에 나는 애매한 미소를 지었다. 일본인 친구도 애매하게 웃었다. 간단한 대화도 못 알아듣는 외국인에게 마땅히 설명할 말이 떠오르지 않는 눈치였다. 그녀는 문어 흉내를 내는 대신, 자신의 자전거 뒷자리를 내어주었다.

엉덩이가 아프도록 달려 도착한 곳은 어느 골목 작은 포장마차 앞. 아저씨는 작은 꼬챙이로 호두과자만 한 풀빵을 순식간에 돌려 구워내고 있었다. 하늘거리는 가츠오부시(가다랑어포), 진한 갈색 소스가 부어진 타코야끼가 꼭 붕어빵처럼 달콤해 보였다. 하지만 8월의 오사카는 저 무쇠 틀처럼 뜨겁다. 한겨울도 아닌 찌는 무더위에 웬 붕어빵? 떨떠름히 이쑤시개를 드는데, 친구가 엄청 뜨거우니 조심하라는 제스처를 몇 번이고 보여준다. 나는 김이 모락모락 피어나는 타코야끼 한 알을 입에 물었다.

흡.

'이거… 안 익은 거 아냐…?'

표정 관리에 실패할 뻔했다. 바삭한 겉면과 달리 속은 반죽이 흘러내릴 듯 물컹하다. 게다가 흑설탕 같아 보이던 소스는 짭조름한 간장 맛에 가까웠다. 무엇보다, 겁나 뜨겁다. 용암인 줄.

'대체 이게 무슨 맛이람?'

머릿속에 떠오른 의문문은 필터를 거쳐 입 밖으로 나왔다.

"오이시이(맛있어)…."

그러나 위장은 솔직한 법. 나는 두 알도 삼키지 못하고 이쑤시개를 내려놓을 수밖에 없었다. 괜찮다고 웃는 친구에게 속으로 얼마나 미안했던지. 그로부터 며칠 뒤, 미안함을 만회할 기회가 왔다. 홈스테이 집주인 역시 일본 음식을 먹여주겠다며 야심차게 '오코노미야끼'를 만들어 준 것이다. 오징어에 새우까지 팍팍 넣은 해물전!

'됐다. 이건 잘 먹을 수 있지.'

용감하게 확신했다. 하늘거리는 가츠오부시와 갈색 소스가 부어지기 전까진.

'맛이…….'

똑같다. 타코야끼랑. 납작하게 구웠냐 동그랗게 구웠냐, 문어가 들어갔냐 오징어가 들어갔냐의 차이뿐이다.

'죄송합니드아….'

눈물을 머금고 반 정도 남긴 접시를 내밀 수밖에 없었다.

고등학교를 마친 후 나는 오사카가 아닌 교토로 돌아왔다. 요리에 서툰, 소위 '배고픈 유학생'의 신분으로. 그러나 길거리의 타코야끼 점포에 눈길을 주는 일은 없었다. 그런 날 보고, 당시 그림을 가르쳐 주던 제이언니가 말했다.

"외국인들이 한국에 오면 마늘 냄새 난다고들 하잖아. 일본에서는 무슨 냄새 난다고 하는지 알아?"

"글쎄요."

"쇼유(일본간장) 냄새. 잘 모르겠어?"

나는 도리도리 고개를 저었다.

"내가 처음 일본에 왔을 때는, 가는 곳마다 달달한 간장 냄새가 나서 정말 고역이었어. 익숙해지는 데 한 1년 걸렸나. 그때부터는 타코야끼 냄새가 맛있게 느껴지더라? 궁금해서 한 번 사 먹어 봤는데, 진짜 맛있는 거야."

너도 시간이 지나면 타코야끼가 맛있어질걸, 하고 언니는 의미심장하게 웃었다. 마늘 냄새도 간장 냄새도 잘 모르겠지만 확실히 모든 음식에 간장이 베이스로 들어가긴 하지. 끄덕끄덕. 일리 있는 말이었지만 과연 덜 익은 반죽이 맛있어질 날이 있을까…. 모를 일이었다.

타코야끼를 사주었던 친구네 가족과 함께 초밥을 먹으러 갔다. 딸 또래인 외국 학생에게 일본 문화를 경험할 수 있도록 친절을 베풀어 주신 것이다. 한국에서도 잘 먹던 무난한 초밥들로 배를 채우고 있는데, 친구네 아버지가 방금 주문한 접시를 내미셨다. 반짝반짝 주홍빛 구슬이 가득 올려진 군함(김으로만 초밥)이었다.

"한번 먹어볼래?"

권하는 아저씨를 따라 가족들이 모두 이쪽을 바라보았다. 정체 모를 구슬들을 바라보는 나보다 더 호기심이 가득한 얼굴이었다.

"연어알이야."

같이 온 한국 언니가 통역해 주었다. 나는 영롱하고 고급스러워 보이는, 통통한 알들에 군침을 흘러면서 젓가락을 들었다. 솔직히 자신 있었다. 명란젓도 날치알도 조기알도 좋아하니까, 당연히 연어알도 맛있겠지. 다만 한입에 털어 넣었다가 게워내면 그만한 실례도 없으니, 딱 한 알만 집어 입안에 넣었다. 쫀득한 구미처럼 음미하며 먹어볼 생각이었다. 그러나 알이란 연약한 것이었다.

툭!

그것은 혀를 본격적으로 놀리기도 전에 터져버렸다. 입안 전체에… 아니, 코까지 비릿한 향이 올라온다. 무지막지한 비릿함이었다. 표정 관리 실패. 잔뜩 쪼그라드는 나의 눈, 코, 입을 보며 친구네 가족들은 호탕하게 웃었다.

낫토도 잘 먹고 싶었다. 저 미끈거리고 끈적한 고난도의 음식을 소화하면, 일본에 완벽 적응한 사람처럼 보일 것만 같았다. 어느 날 기회가 왔고, 호기롭게 한 젓가락을 들어 올렸다.

크윽.

예상보다 비주얼이 너무도 생생하다. 냄새는 청국장인데 맛이… 왜 이렇게 밍밍하냐. 입에 넣은 콩알들이 매끌매끌 굴러다녔다. 꼭 이를 피해 돌아다니는 것만 같았다. 입술과 젓가락에 연결된 거미줄을 떼어내려 팔을 휘휘 저었다. 쭈욱 늘어난 거미줄이 실타래처럼 공중에서 하늘거리다 밥그릇에 안착했다. 같이 먹는 상대에게 송구스러워지는 자태가 아닐 수 없었다.

"못 먹겠다…."

허세는 단번에 겸손해졌다.

그로부터 천 번가량의 식사를 할 만큼 시간이 지났다.

"배고프다, 타코야끼 먹고 갈래?"

"그러자."

나는 내 돈 주고 타코야끼를 사 먹게 되었다. 정확히 언니의 말대로였다. 그렇게 느글거리던 타코야끼 냄새가 맛있게 느껴지기 시작했다. 사실 타코야끼 소스와 오코노미야끼 소스의 차이는 아직도 잘 모르지만, 오코노미야끼보다는 타코야끼가 입맛에 맞다. 거들떠보지도 않던 타코야끼 가게에 이제는 줄도 선다. 심지어 1번부터 6번까지 옵션 중에서 선호하는 토핑도 생겼다. 그 토핑이야말로 진리다.

그 거리에서 쭉 직진하다 보면 골목 끝에 해산물

덮밥집이 나오는데, 거길 지날 때마다 침을 삼킨다. 연어알 덮밥 사진을 보면서. 영롱하고 신선한 주홍빛 구슬들이 입안에서 톡톡 터질 때마다 얼마나 황홀해지는지! 이렇게 입맛이 뒤바뀐 이유가 뭔지, 정확히 언제부터 좋아지게 되었는지는 잘 기억나지 않는다. 그냥 아주 자연스럽게, 나도 모르는 사이에 그렇게 되어버렸다.

그러나 낫토만은 아주 정확하게, 무슨 이유로 좋아졌는지 기억하고 있다. 도전할 때마다 번번이 실패하길 3년째. 넘지 못할 낫토의 벽 앞에서 기적적으로 만난 가이드는 작은 키의 조선족 언니였다.

"이렇게 먹어봐. 무조건 맛있다."

요정처럼 작은 손바닥으로 낫토를 휘휘 저으며, 언니는 확신에 찬 미소를 지었다.

"으잉? 고춧가루?"

"어. 설탕이랑 깨도 들어가."

고춧가루와 설탕, 그리고 깨. 고작 세 가지로 뭐가 맛이 그리 달라질까. 반신반의하며 젓가락을 들었다. 그리고 그날부터 약 한 달가량, 나는 낫토 덮밥만 주야장천 해 먹게 된다. 어디 그뿐인가.

"너 낫토 못 먹어?"

"못 먹어요. 잘 먹고 싶은데 도저히 못 먹겠어!"

나처럼 낫토 정복욕에 부들대는 후배에게, 친절히 가이드가 되어주었다.

"기다려 봐. 이렇게 하면 너 무조건 맛있다고 할걸."

결과는 우스울 정도로 똑같았다. 몇 달을 낫토 덮밥만 먹더라. 아무렴, 요리에 시달리는 유학생에게 낫토 덮밥만큼 가성비 좋은 게 또 있을까.

이것이 타코야끼, 연어알, 낫토와의 역사다. 낯선 존재를 알아차리고 서서히 빠져드는, 아주 사적이고 매력적인 역사. 쭉 몰랐고 몰라도 아무 일 없었을 존재가 숙성의 시간을 거쳐 드디어 서로에게 익숙해지는 과정 말이다.

알아가는 즐거움은, 몰라야 누릴 수 있다. 만약 내가 무언가를 먹어보기도 전에 "처음 먹어본 타코야끼 브이로그"라든지, "비린 거 싫어하면 연어알 비추"라든지, "낫토를 실패 없이 먹는 법"과 같은 정보를 먼저 접했다면, 맛을 감각하고 기억하고 도전하는 시간은 매우 단축되었을 것이다. 그리하여 타코야끼는 실망하고, 연어알은 패스하고, 낫또는 먹을 만하네 정도로 끝났을 것이다. 내가 발견하지 않은, 내가 경험하지 않은, 내가 도전하여 정복하지 않은 것에 '역사'나 '추억'이라는 수식어를 붙이지도 못했을 것이다. 그것은 그저 수많은 요리 중 하나일 뿐이니까. 수많은 여우 중 하나이고, 수많은 장미 중 하나인 것처럼. 시간을 들이지 않은 낯선 것은 소중해지지 않는다.

그런 건 됐고, 타코야끼 가게 옵션 중 뭐가 제일 맛있냐고?

알려주지 않을 거다. 당신의 알아갈 즐거움을 위해서.

오늘의 날씨는, 맑다 비 오다 눈 오다 맑습니다

날씨 예보는 중요하다. 대부분이 자전거를 필수 교통수단으로 여기는 도시라면 더더욱. 대중교통 요금이 비싸서 그런지는 몰라도, 일본은 초등학생부터 직장인, 할아버지, 할머니까지 다양한 연령대의 사람들이 자전거를 타고 다닌다. 세 아이 엄마가 앞뒤로 아이들을 업고 앉혀 자전거를 달리는 풍경도 아주 익숙하다. 이렇듯 모두가 자전거를 타고 돌아다니는데, 과연 비 오는 날은 어떨까?

내가 교토에 처음 도착한 것은 3월이었다. 곧 봄이 오고 가로수들이 새잎을 움트는 시기. 무거운 코트를 옷장 안으로 밀어 넣는 계절. 그런 3월에도 나는 집 안에서 패딩을 벗지 못했다. 낮이나 밤이나 걸을 때나 누워 잘 때나 늘 검은색 파카를 살가죽처럼 두르고 살았다. 온돌이 없는 집이 그렇게 추울 줄이야. 한국에 있던 우리 집도 옛날 주택이라 꽤 추운

편에 속했는데, 아무리 추워도 15도 이하로 내려가는 일은 없었다. 심지어 러시아도 집 안은 따뜻하다던데…. 옆 나라 일본은 아니었다. 겨울철 실내 온도가 10도 이하인 집이 75%가 넘는다면 믿을 수 있겠는가. 이건 뭐 집 안에 있어도 손가락 마디가 얼어붙고 뼈가 아렸다. 차라리 건물 밖 양지바른 곳에 앉아 있는 편이 훨씬 따뜻할 듯했다. 옷을 잔뜩 여며도 추워 죽겠는데 어딜 가려면 자전거까지 타야 한다. 바람은 그나마 낫지, 비가 온다면? 눈이 온다면? 다들 어떻게 자전거를 타는 거냐고.

처음 자전거를 타던 날, 나는 비를 그대로 맞았다. 일본인들은 능숙하게 한 손으로는 우산을, 다른 한 손으로는 자전거 핸들을 잡았지만, 나는 그런 기예를 아직 익히지 못한 초보 운전자였다. 하지만 초보라고 언제까지나 비를 맞으면서 다닐 수는 없는 법이었다. 이 나라에서 살기 위해선 무조건 한 손 신공을 배워야만 했다. 그것도 당장.

얄궂게도, 교토의 3월은 가장 날씨가 변덕스러운 달이었다. 일기장을 쓸 때마다 늘 날씨 칸에서 우물쭈물하기 일쑤였다. 해가 환하게 떠올라 온 마을을 비추는데도 저쪽 산자락에서는 물안개가 폭포처럼 흘러내렸고, 순식간에 구름이 하늘을 덮어 비가 쏟아지는가 하면, 어느새 얼음 알갱이 같은 싸라기눈이 볼을 때렸다. 아직 볼이 얼얼한데 해가 쨍 나고 또 바람이 휘몰아치고 구름이 끼다가 다시 맑길 반복하는… 그런 미친 날씨가, 자전거를 타는 동안 지나가는 거다.

결국 큰맘 먹고 우산을 들었다. 볼일이 있어 나갈 때면 어김없이 비가 내리니 어쩔 수 없는 결정이었다.

콰당. 첫날에는 좌우로 핸들을 휘청거리다 넘어지길 수도 없이 반복했다. 신기한 건,

"어어…! 된다, 된다!!!"

이틀도 안 되어 어느새 한 손 타기가 가능해졌다는 사실. 한 손이다 보니 높은 턱에서는 여전히 넘어지고 미끄러운 빗길에 구르기도 했지만 뼈가 부러지는 일은 없었다. 안 부러졌으니 어쩌겠나. 다시 타야지. 다만 넘어지면 얼마나 아픈지 알고 나니, 무서움도 커졌다.

'이렇게 매번 목숨 걸고 탈 순 없어.'

그런 생각이 든 것은, 자전거를 타는 할머니들을

본 이후였다. 그분들의 자전거 핸들에는 작은 고정대가 설치되어 있었다. 그곳에 우산을 꽂으면 두 손으로 안전하게 자전거를 탈 수 있는 것이다. 바로 저거야! 속으로 유레카를 외쳤다. 당장에 자전거 가게로 달려갔다.

"우산 고정대 있나요?"

"고정대라니… 누가 쓰려고?"

"제가요."

"응? 그걸 본인이 쓰겠다고?"

암말 하지 않고 꺼내줄 줄 알았는데, 어째 자전거 가게 주인의 반응이 떨떠름하다.

"으음… 그냥 우산은 손으로 잡고 타는 게 낫지 않아?"

그럴 리가요. 벌써 몇 번이나 넘어졌는데.

"다칠 것 같아서요. 아무래도 고정대가 있어야 안전하지 않을까…."

"좀 타다 보면 익숙해져. 왜 굳이 이걸 써?"

아니, 이 아저씨가?

돈 받고 파는 건데 왜 이렇게 만류하는 거야. 나야말로 이상하게 여기며 어서 고정대를 달라고 졸랐다. 그냥 타라, 싫다, 두어 번 더 실랑이가 이어진 뒤, 이건 아니라는 듯 목덜미를 문지르는 아저씨로부터 고정대를 받아내 집으로 돌아왔다. 설치는 간단했다. 핸들에 작은 고정 클립을 끼워 나사로 조이는 식. 얼른 시운전을 해보고 싶은 마음에 곧장 자전거를 타고 나갔다. 고정대에 튼튼하게 꽂힌 우산을 보니 뿌듯한 미소가 피어올랐다.

'역시 사길 잘했어. 이 좋은 도구를 놔두고 왜 안 쓰나? 고정대는 노인만 쓰란 법이 있는 것도 아니고.'

속으로 칭찬을 날렸다. 남의 시선 따위 신경 쓰지 않는 쿨함을 대견하게 느끼기까지 했다. 딱 큰 골목으로 나가기 직전까지만.

'뭐, 뭐야… 왜 쳐다봐…?'

거짓말 하나 안 보태고, 마주쳐 지나가는 사람 열이면 열 모두 댕그랗게 커진 눈으로 나를 보았다. 그러니까… 나와, 내 자전거에 꽂힌 우산 고정대를. 고정대를 보고 흠칫 놀란 사람들은, 이 자전거가 바바챠링(할머니들이 타는 낮은 안장의 자전거)이 아니라는 것에 한 번, 자전거에 탄 사람이 젊은 여자라는 것에 두 번 놀라는 눈치였다. 별의별 코스프레를 하고 돌아다녀도 놀라지 않는 사람들이 대체 우산 고정대 같은 것에는 왜 이토록 반응하는 걸까. 코스프레는 문화권 안이고 젊은 사람이 쓰는 우산 고정대는 문화권 밖이라서? 진심으로 궁금하지만, 지나가는 사람을 붙잡고 물어볼 수도 없는 노릇이었다.

결국 나는 눈물을 머금고 그날 바로 고정대를 떼어버렸다. 앞으로 길거리의 모든 시민과 충격적인 눈인사를 나누고 싶은 게 아니라면, 비 오는 날 교토의 명물이 되고 싶은 게 아니라면, 그렇게 하는 것이 맞았다. 그리고 정직하게 나를 말려준 자전거 가게 사장님에게 마음속으로 사과를 날렸다. …오해해서 고멘나사이네.

그 뒤로 5년간, 나는 우산 고정대 없이도 잘만 돌아다녔다. 부주의해서 구르고 엎어진 적도 있지만 그렇다고 우산 고정대를 다시 끼우진 않았다. 적응해야 한다는 사실을 받아들이자 두려움도 방해가 되지 못했다. 비가 오면 오는 대로, 함박눈이 오면 오는 대로 탔다. 어느 해는 여름에만 태풍이 스무 번 가까이 온 적이 있는데, 그때도 학교에 가고 알바도 가고 다 다녔다.

아차, 우산을 놓고 왔다…면, 없는 대로 갔다. 변

덕스러운 날씨에 더는 개의치 않게 된 것이다. 그러자 반대로 묘한 카타르시스가 일었다. 영화 「어바웃 타임」의 태풍 속 결혼식처럼. 「하나와 앨리스」의 우비를 입고 발레를 추는 주인공처럼. 변화무쌍한 오늘을 즐기기로 단단히 마음먹었기에, 변덕스러운 날씨 정도는 유쾌한 서프라이즈로 여기고 지나갔다.

아마 그즈음부터인 것 같다. 우산도 날려버릴 만큼 강렬한 바람이 좋아진 것은. 그토록 거센 바람을 맞으면, 한 손으로 우산을 쓰고 자전거로 달리던 때로 돌아가는 것만 같다. 바람은 챠르르 돌아가는 체인 소리와 무릎에 부딪히는 빗방울을 저 멀리서 끌어온다. 뱃속부터 깔깔깔 웃음이 터져 나올 것만 같다.

별수 없이 행복해진다.

다이몬지 플래시

교토에 도착하고 벌써 한 달이 지났다. 아직도 바깥은 하루 사이 비가 오고 해가 나고 바람이 불다가 다시 비가 오고 하늘이 갠다. 그 변덕스러운 봄이 한창이던 4월의 어느 날, 옆방 언니가 같이 영화를 보러 가자고 했다.

"명탐정… 코난?"

"극장판이야. 이번에는 교토가 배경이래. 너도 보면 재밌을걸."

그리하여 이제 막 교토에 이사 온 일본어 초급반 학생은, 만화에 진심인 중급반 선배를 따라 시내를 나섰다.

영화는 재미없었다. 대사를 20%도 못 알아들었으니까. 누군가는 흥미진진했을 한 시간 반이라는 시간 동안, 나는 멍하니 스크린만 보고 있었다. 머릿속에 남은 건, 코난이 교토의 이곳저곳을 돌아다니며 사건을 해결한다… 정도. 내 설명을 듣느니 차라리 포스터 속에 나와 있는 줄거리를 보는 게 더 이해가 빠를 것이다. 심지어 당시 내가 교토에 대해 아는 거라곤 일본의 옛 수도란 사실밖에 없었다. 그러니 만화 속 배경이 교토인지 도쿄인지 홋카이도인지 어떻게 구분하겠냔 말이다.

"어어? 언니, 이거!!"

그래도 영 소득이 없는 건 아니었다.

"이거 영화에서 나왔던 거다!"

"어! 진짜다!"

버스 정류장으로 가는 길. 우리는 만화의 배경으로 나왔던 장소를 발견했다. 오타쿠가 느낄 법한 기쁨이 차오른다. 그 기쁨은 시내 한복판에서도, 행인 없는 좁다란 골목에서도 계속 이어졌다.

"언니, 이거 그 장면에 나왔던 거다!"

"야, 우산 좀 가지고 있어 봐. 사진 찍게."

대체 그게 무슨 장면이었고 이건 왜 여기 있는지 맥락도 모른 채로, 우린 그저 꺅꺅 좋아했다. 마침 고증이 확실한 애니메이션이 개봉했고 마침 그 현장에 있었던 덕분에 누릴 수 있는 행복이었다.

장마가 지나갔다. 우주까지 닿을 듯한 뭉게구름
이 몇 차례 피어올랐다 바람에 흩어진 뒤. 매미 소리
와 함께 일사병을 각오하고 자전거를 타는 계절도
다 지나간 뒤. 초급반 학생이 중급반이 되고, 지난하
던 여름도 정점에 이르러 막 고개를 숙이려는 순간.
일본의 큰 명절, 오봉이 찾아왔다.

　　오봉은 우리나라로 치자면 추석 같은 느낌이다.
가족들이 함께 모여 시간을 보내고 제사도 지낸다.
그리고 나흘간 조상들을 위해 집 앞에 불을 밝힌다.
오는 길 헤매지 말라고. 가는 길 부디 무사히 가시라
고. 이것을 마중하는 불(무카에비), 배웅하는 불(오
쿠리비)이라고 부르는데, 교토에서는 마지막 날 오
쿠리비를 기념하며 무려 다섯 개의 산에다가 불을
붙여버린다. 멀리서도 알아볼 수 있도록 커다란 글
씨와 그림으로.

　　다이몬지(산 이름) 고잔(다섯 산) 오쿠리비. 4월
에 보았던 극장판 애니메이션도 이 축제가 배경이
었다. 불꽃놀이를 보기 위해 수많은 사람이 여의도
에 몰리듯, 고잔 오쿠리비를 보기 위해 각지에서 온
사람들이 교토 시내에 모인다. 만화에서는 여지없
이 살인 사건이 일어났지만 현실에는 코난이 없으

니 천만다행이다.

"다이몬지 보러 가자."

기숙사 아주머니가 환하게 웃었다. 옆구리에 커다란 전기 불판을 끼고서.

"…어디로 가는데요?"

"옥상!"

아주머니의 반대편 옆구리에서 오코노미야끼 반죽이 찰랑거렸다. 소식을 들은 기숙사 학생들 모두가 들뜬 마음으로 옥상에 모였다. 고작 3층짜리 건물에서 뭐가 보일까 싶지만, 교토에서는 3층도 높은 편에 속했다. 건물 높이 제한 정책 덕분이었다(20년이 지난 지금은 청년들의 주거와 일터를 위해 완화되었다). 고집스러운 정책이 도시의 고즈넉한 지평선을 지켜냈다. 빌딩이 하늘을 가리지 않고 아파트가 햇살을 막지 않도록. 낮은 지붕들이 오밀조밀 자리 잡은 골목에서도 수국이 파랗게 필 수 있도록. 옥상에서 오코노미야끼를 구워 먹으며 고잔 오쿠리비를 마음껏 볼 수 있도록.

마구 들떠 수다를 떨다 보니 어느덧 하늘과 산을 구분하지 못할 만큼 깜깜한 어둠이 내렸다. 외국인들의 서툰 대화와 웃음소리, 오코노미야끼가 치직 치직 소리를 내는 것 외에는 평소와 다를 게 없었다. 그때 아주머니의 상기된 목소리가 밤공기를 갈랐다.

"여덟 시 되기 1분 전!"

너도나도 할 거 없이 카메라를 들었다. 핸드폰 카메라로 찍기에는 화질이 낮아 어림도 없는 시절의 광경이었다. 어딜 봐야 할지 모르는 외국인들을 위해 아주머니가 다시 한번 친절하게 방향을 알려줬다. 설렘과 긴장이 뒤섞인 순간. 드디어 암흑 저편에서 작은 불씨가 피어나기 시작했다. 그리고 동시에,

파바바바밧-!!!

사방에서 셔터 소리가 터져 나왔다. 수백, 수천 개의 플래시 빛과 함께.

나는 숨을 멈췄다. 시작한다! 외치는 몇몇 사람들의 목소리가 들리는 듯도 했지만, 별처럼 반짝이는 카메라 소리에 묻혀 이내 아득해졌다. 이 동네에 옥상이 이렇게나 많았던가. 이렇게나 가까이에 이렇게나 많은 이들이 살고 있었던가. 한 사람 한 사람의 손가락으로 터뜨린 빛이 마을의 크기만큼 반짝인다. 이런 건 애니메이션에 나오지 않았다. 산에 대자(大)가 타오르는 것보다 더 멋진 광경이 있다고 알

려주지 않았다. 그래서 우리는 오코노미야끼가 타는 줄도 모르고, 젓가락과 맥주 캔을 손에 든 채, 턱이 빠지도록 그것들을 바라보았다.

"콘서트장 같아."

아득한 눈으로 나는 중얼거렸다. 무대는 동네를 두르고 감싼 다섯 개의 봉우리다. 커다란 글자와 그림들이 화르르 모습을 드러낼 때마다 우리는 별 세례에 박수를 보낸다. 저마다의 높고 낮은 옥상이란 좌석에 앉아 무언가를 먹고 마시며, 모든 화염이 일렁일렁 소멸할 때까지. 그렇게 총 다섯 번의 등장과 퇴장이 끝나면 이제 무대는 옥상으로 바뀌는 것이다.

"예에! 학교에 가서, 공부하고, 집에 돌아와서, 몸을 씻고!"

맥주 몇 병에 거나하게 취해버린 미국 청년이 휘청거리며 일어나 랩을 시작한다. 이때까지 배웠던 일본어를 총동원하는 모습을 보며 아주머니가 박장대소를 했다.

"갑자기 왜 이렇게 일본어를 잘하니?!"

평소에는 네, 아니오, 밖에 할 줄 모르더니. 알코올을 부스터 삼아 랩을 해버리잖아.

"주사가 랩인가."

"혀도 안 꼬이는데?"

"얘는 술 먹고 공부해야겠네."

우리는 한마디씩 거들며 초급생의 완창을 독려했다. 음악을 사랑하는 미국 청년은 뿌듯한 얼굴이 되어 자리에 앉았다. 진짜 박수갈채가 쏟아져 나온다. 아직 맛을 잘 모르는 오코노미야끼도 괜찮게 느껴지던 밤이었다.

오봉의 마지막 날. 찜통의 김처럼 뜨거웠던 여름도 함께 막을 내렸다. 누군가는 졸리다며 일찍 내려가고, 누군가는 남아서 못 비운 수다를 떤다. 다시 휘청휘청 일어나 랩을 하는 미국인과, 뒷정리하는 건 한국인밖에 없다며 쯧쯧거리는 아랫방 오빠도 그 여름밤 속에 있다. 반쯤 타다 남은 모기향은 이듬해에나 다시 꺼내게 될 것이다. 그 들썩들썩한 계절의 끝자락에서 문득 생각했다.

카메라에 담아서 다행이다.

20년이라는 세월 동안 낡은 필름과 사진들이 어디로 사라질 줄도 모르고, 좁은 옥상 계단을 의기양양 내려오며 마음이 든든했다.

손님1

온 마을에 함박눈이 펑펑 내리던 날, 대학교 합격
통지서를 받았다. 신이 나서 대학교 인장이 찍힌 종
이를 안고 빙글빙글 돌았다. 나머지 서류는 제대로
확인하지도 않은 채. 그렇게 기숙사 신청일을 놓쳐
버렸다. 다시 생각해도 어처구니없는 실수였다. 다
행히 학교 측에 연락하자 남은 곳이 있다며 선뜻 기
숙사를 배정해 주었다. 무려 세 군데의 기숙사 중
최단 통학 거리를 자랑하…지만 너무 낡고 어두워
대부분 지원하지 않는 곳. 바로 제이언니가 머물던
기숙사였다. 이름하여 동광(東光). 거창한 뜻과는
달리, 방 안에 있으면 해가 어디서 떠서 어디로 지
는지 가늠할 수 없었다. 산기슭 우거진 나무들이 지
붕을 통째로 삼킬 듯 그늘을 드리우고 있었기 때문
이다. 그 음습한 산기슭 위 양지바른 언덕이 대학교
라, 걸어서 학교에 다닐 수 있다는 점은 좋았다. 2분
거리라 다녔다고 말하기도 애매한 수준이다.

북적대는 나머지 기숙사들과 달리, 이곳은 사람을 마주칠 일이 거의 없었다. 중국 유학생 두 명이 있긴 했지만, 둘 다 밤에 한껏 치장하고는 어디론가 나가서 아침까지 돌아오질 않았다.

내내 캄캄하고 조용한 방. 공포 영화 세트장이라고 해도 믿을 만한 기다란 복도를 홀로 오가는 것은 우울한 일이었다. 그나마 학교에서 친하게 지내는 한국 언니들이 생겨서, 언니들이 사는 기숙사에 놀러 가 같이 밥도 먹고 잠도 얻어 자곤 했다. 그곳도 낡은 목조 주택이었지만 내가 사는 곳보다는 훨씬 깨끗하고 밝았다. 무엇보다 활기가 있었다. 같이 나베를 먹고, 가위바위보로 설거지 당번을 정하고, 코타츠(난방 기구가 달린 좌식 테이블)에 둘러앉아 수다를 떨 수 있는 사람들이 있었다. 집에 돌아가기 싫어하는 나에게 언니들이 말했다.

"차라리 기숙사를 바꿔달라 해봐. 2년 계약인데 초반에 빨리 바꾸는 게 낫지."

"그래, 여기 방도 많이 남잖아. 바꿔줄걸."

그러게. 방이 이렇게 많이 남았는데 대체 왜 그런 곳으로 배정해 준 거지? 바로 국제교류과에 문의를 넣었다. 그러나 돌아온 대답은 NO. 애초에 신청일도

놓쳤고, 도중에 옮기는 건 규칙에 어긋난다는 이유
였다. 이러저러한 이유로 우울감이 든다며 호소했
지만 규칙은 규칙이었다. 별수 있나. 2년간 잘 버티
는 수밖에. 사라진 희망을 아쉬워하며 나는 혼자 어
두운 방으로 돌아갔다.

　며칠이 더 흘렀다. 그 무렵 나는 TV로 외로움을 달
래기 시작했다. 적막한 공기를 채우는 데는 역시 TV
만 한 게 없었다. 어느 날 한국에 있던 친한 동생으
로부터 오랜만에 전화가 왔다. 이런저런 잡담을 나
누는데, 동생이 물었다.

　- 누나, 목소리가 왜 이렇게 어두워?

　어둡다고? 방이 어둡더니 목소리도 어두워졌
나……. 순간, 희한한 일이 일어났다. 갑자기 주르륵
눈물이 떨어진 것이다. 당황스러웠다. 이제 막 첫 학
기 시작했는데. 이렇게 멘탈이 무너져서야 남은 유
학 생활을 어찌 감당하지. 어렵사리 전화를 끊고 나
니 서러움이 더 북받쳐 올랐다. 방울방울 떨어지는
눈물을 닦아내며 일기장을 펼쳤다. 글로라도 감정
을 쏟아내면 마음이 진정되곤 했기에, 한참을 끄적
이다 그대로 쓰러져 잠이 들었다. 그리고 하루가 꼬

박 지나 새벽 세 시가 조금 넘은 시각. 아무도 없는 기숙사에서 홀로 좋아하는 외화 드라마를 틀어놓은 채 과제를 끼적이던 중이었다.

덜커덩, 드르륵! 쾅!!!

1층 현관에서 문 여는 소리가 들렸다. 저렇게 떨어져 나갈 듯 미닫이문을 여는 사람은 이제껏 아무도 없었는데. 기분 나쁜 위화감이 스쳤다.

'…누구여?'

들고 있던 붓대를 내려놓고 슬그머니 뒤로 돌아보았다. 벽 너머로 마루가 불규칙하게 삐걱대는 소리가 들려온다.

'여자가 아니다.'

마루 밟는 소리만 들어도 바로 알 수 있었다. 남자. 그것도 몸을 제대로 못 가누는 상태다. 설상가상 그 꺼림칙한 발소리는 계단을 밟고 올라오기 시작했다. 나는 빛의 속도로 TV와 스탠드를 껐다. 일부러 문고리를 조용히 돌리면서 방문도 잠갔다. 최악인 건, 하필 복도 제일 구석에 있는 방이라 도망을 칠 수도 없다는 것이다.

덜컥덜컥!

남자는 제일 첫 번째 방의 문고리를 흔들었다. 아

예 문고리를 뜯어버릴 기세로 돌려대더니, 중국어로 누군가를 불러대기 시작한다. 건넛방 여자애를 찾는 모양이었다. 여기 없다고 알려주면 좋겠지만, 술 처마시고 무단침입 한 사람에게 대화가 통할 리 없다.

쾅쾅쾅!

두 번째 방. 발걸음이 조금 더 가까워졌다. 방을 하나씩 확인할 셈인 거다. 이러다 공포 영화 속 1호 희생양이 되게 생겼다.

덜컹덜컹! 쾅쾅쾅!

'하, 미치겠네.'

이제 남은 방은 두 개뿐. 나는 내 작은 방문을 바라보았다. 나무로 된 문에는 불투명한 유리 창문이 조그맣게 달려 있었다. 저 유리만 깨면 문은 우습게 열 수 있을 거다. 이불을 뒤집어쓴 채 후들거리는 손으로 전화번호를 눌렀다. 경찰… 경찰을 불러야….

쨍그랑!

아니, 경찰보다 빨리 올 수 있는 사람.

– …어어, 사니야. 무슨 일이야?

수화기 너머로 잠이 덜 깬 목소리가 들려왔다. 쫑언니다. 목소리를 낮춰 최대한 빠르게 상황을 설명했다. 이 시간에 전화를 받아준 언니에게 마음으로 백 번 절을 올리면서.

- 뭐?! 너 거기 꼼짝 말고 있어. 절대 나오지 마! 내가 경찰한테 연락할 테니까 너는 경비실에 전화해 봐!

좋은 생각이다. 경비실에서 달려오면 5분도 안 걸릴 것이다. 그러나,

- 글쎄요…. 이쪽으로 전화를 하셔봤자 해드릴 수 있는 게 없는데….

경비 아저씨의 목소리는 놀랍도록 느긋했다. 말투에 난감한 웃음마저 섞여 있었다. 귀를 의심했다.

"그, 그래도 일단은 빨리 와주시면 안 될까요? 지금 유리 깨지는 소리가 났단 말이에요!"

- 그게… 저희가 갈 수는 없어요. 그냥 경찰에 전화를 해보는 게 어떠세요?

아니, 제가 교무실에 행정문의 했냐고요. 당장 목숨이 위태로울지도 모르는 사람한테 경찰에 신고해주겠다는 것도 아니고, 신고해 보면 어떻겠냐니. 어이가 없어 바로 전화를 끊었다. 방금 다른 방의 유리가 깨졌다. 다음은 내 차례일지도 모른다. 피가 역류하는 느낌이 혈관으로 고스란히 전해졌다. 심장이

쿵쾅대는 소리가 복도 밖에까지 들릴 것만 같다.

"……."

5분이 지났다. 우려와 달리 복도는 조용했다. 그리고 얼마 있지 않아, 희미한 목소리가 들려왔다.

"사니야…!"

예상대로다. 경찰보다 언니들이 빨랐다. 문을 빼꼼 열자, 유리 파편들이 널린 복도가 보인다. 그 너머에 서 있는 짹언니와 야구 배트를 쥐고 있는 쫑언니도. 조심스레 파편들을 넘어온 언니가 손을 내밀었다.

"얼른 나가자."

손님2

"그러니까, 와장창하는 소리가 났다는 말이죠?"

"세시 십분경 갑자기 와장창하고 유리가 깨졌다고요?"

"와장창했더라…. 그다음에는요?"

그만. 제발 그만. 와장창이라는 의성어를 벌써 열두 번도 넘게 들었다. 지나가는 경찰관마다 물어보는데 대답을 안 할 수도 없고. 나는 목구멍까지 올라오는 불평을 꾹 누르며 앵무새같이 대답했다.

"복도에 나와 보니 다른 방문 유리가 깨져 있었고, 그 방에 어떤 남자가 널브러져 자고 있었어요."

20분 전. 나는 언니들과 함께 무사히 복도를 빠져나왔다. 야구 방망이를 단단히 붙잡은 쫑언니가 깨진 방문을 살짝 열어보았다. 한쪽 구석, 개켜진 이불 위에 남자가 대자로 뻗어 잠들어 있었다. 술에 절어 필름이 끊긴 모양이었다.

"범인이 달려들면 어쩌려고 겁도 없이 들어가요? 허 참."

쫑언니로부터 상황 설명을 들은 경찰관 아저씨가 황당한 얼굴을 했다.

"어떻게 된 건지 궁금해서…."

"그 방망이는 뭐예요?"

"혹시 모르니까…."

쫑언니가 씨익 웃자, 타박하던 경찰관도 헛웃음을 터뜨렸다. 이 좁은 골목에 경찰차가 다섯 대나 와 있다. 열댓 명의 경찰관들이 무전을 주고받으며 낡은 기숙사로 우르르 들어갔고, 나머지 대여섯 명은 차례로 조사를 시작했다. 기사로 쓸 만한 사건인가 싶어 따라온 기자도 보였다. 수첩에 열심히 적으시던데, 별로 소득은 없었을 거다. 질문이 죄다 똑같았으니까.

"일단 와장창하는 소리가 났고…?"

"몇 시쯤 와장창하는 소리가 난 거죠?"

"와장창 유리가 깨졌다는 거죠?"

의성어 대파티는 그 뒤로 한 시간 동안 계속되었다. 그 고문에서 가까스로 풀려나 난생처음 일본 경찰차를 탔다. 목숨이 붙어 있어 그런지 이런 경험이 꽤 흥미롭게 느껴졌다. 뒷좌석에 같이 앉은 언니들도 별반 다르지 않은 눈치다. 몹시 신기하고 흥분되지만 괜히 웃음이 터지면 곤란하니 입술을 한껏 오므리고 있다. 그렇게 새벽 다섯 시가 다 넘어가는 시각, 우리는 경찰서에 입장해 진술을 시작했다. 그토록 핫했던 '와장창'이란 단어도 진술서에 그대로 들어갔다. 잠시 후, 건넛방 중국인 학생이 뒤늦게 경찰서로 이송됐고, 그녀의 추가 진술이 합쳐지며 드러난 사건의 경위는 이러했다.

침입한 남성은 피해자 학생과 같은 국적의 중국인 유학생이었다. 그는 그녀를 남몰래, 아주 열렬히 사랑하던 중이었다. 외롭던 짝사랑에 물이나 주며 잘 키워나가면 되었을 걸, 술을 들이붓고 말았다. 용기가 솟았다. 그녀의 집을 찾아갔다. 여기까진 괜찮았다. 그게 하필 새벽 세 시였고, 허락 없이 들어와 위협적으로 방문을 두드렸으며, 유리까지 깨어 강제로 문을 열었다는 게 문제였다. 심지어 피해자 학생은 그의 얼굴조차 몰랐다. 한 마디로 생판 남이었던 거다.

"피해자 쪽에서는 법대로 처리해 달라고 했다더구먼."

경찰 아저씨가 슬쩍 언질을 주었다. 같은 유학생 한 명이 추방당한다. 마땅히 벌을 받을 행동이었지만, 마음 한구석이 씁쓸한 건 어쩔 수 없다. 나는 이제 막 마침표가 찍힌 보고서를 물끄러미 바라보았다. 저 볼펜 잉크가 잘 말라야 안 번질 텐데. 아까 유리가 와장창 깨진 시간을 잘못 언급했다가 보고서를 처음부터 다시 썼던 걸 생각하면, 괜한 걱정이 아니었다. 날밤을 꼴딱 샜다. 얼마나 졸려 죽을 것 같았으면 그냥 수정 펜을 쓰면 안 되냐고 부탁까지 했다. 당연히 안 된단다. 보고서에 누가 수정 펜을 쓰냐고 언니들이 웃는다. 그러게 컴퓨터를 쓰면 시간도 줄고 수정도 되고 좋잖아요. 다행히 그 말은 목구멍까지 나왔다가 쏙 들어갔다. 힘들어서 손이 달달 떨리려 할 때였다.

"저기… 혹시 물 좀 마실 수 있을까요?"

짹언니가 슬그머니 오른손을 들었다.

"아, 그래요. 조사가 길어서 힘들죠? 니시무라 상."

책상 앞에 앉은 아저씨만큼 나이가 들어 보이는 경찰 아저씨가 옆방에서 고개를 내밀었다.

"여기 이분들 물 좀 가져다줘요."

예, 하고 니시무라 아저씨가 돌아서는 찰나, 쨱언니의 손이 또다시 올라갔다.

"저… 가능하면 오챠(녹차)로…."

"풉."

옆에 있던 쫑언니, 웃음 참기 실패. 경찰관 아저씨가 괜찮다며 얼른 손을 흔들었다.

"아, 그래요. 니시무라상, 따뜻한 오챠로."

"예, 예."

니시무라 아저씨는 허허 웃으며 들어가더니, 곧 팔팔 끓는 주전자를 가지고 나오셨다. 그러나 팔팔 끓는 주전자를 본 순간, 한국인들의 머릿속에 자동적으로 떠오르는 '이것'이, 쨱언니에게도 떠오르고 말았다.

"저… 정말 죄송한데…."

또다시 올라가는 그녀의 오른손을 보고, 나와 쫑언니의 눈이 커졌다.

"그… 라면 같은 건 없을까요?"

결국 우리도, 조사하던 아저씨도, 녹차 티백을 뜯던 니시무라 씨도 웃음이 터지고야 말았다. 옆에 있던 쫑언니는 제정신이냐며 뭐라고 하려던 것 같지만… 라면은 못 참지.

71

"이게 말이지, 경찰 보급용이라 시중에는 없는 거라구."

김이 모락모락 올라오는 라면을 하나씩 나눠주며, 아저씨들이 껄껄 웃는다.

"오오!!!"

졸지에 경찰서를 카페테리아로 만든 우리도 신나게 호응했다. 조사고 뭐고, 정신없이 면발을 흡입했다. 참깨라면 비슷한 이름이었던가. 뜨끈한 아침 식사를 마친 우리는 다시 경찰차를 타고 각자의 집으로 돌아갔다.

깨진 문에는 새 유리가 끼워졌다. 혹시 모를 침입자를 대비해 현관에는 더 튼튼한 자물쇠도 달렸다. 하지만 기숙사는 여전히 어두웠다. 다시 그 캄캄한 기숙사에 혼자 있고 싶지 않아, 하교하면 곧장 언니들이 사는 기숙사로 갔다. 전처럼 왁자지껄하게 저녁을 먹었고, 잠은 쫑언니네 방에서 잤다. 그렇게 며칠이 지났을까.

"사니야, 다시 학교에 문의해 봐. 무서워서 못 들어가겠다고 그러면 이해해 주지 않을까? 기숙사 바꿔줄 것 같은데?"

언니의 말은 충분히 일리 있었다. 어쩐지 그렇게 해줄 것만 같았다. 바로 다음 날 국제교류과를 찾아가 상황을 설명했다. 결과는 대성공! 이사가 속전속결로 진행되었다.

"야, 무슨 짐이 이래 많노?"

"오늘 사니 너 때문에 허리 꺾이겠다."

내가 정신없이 나른 짐을, 언니들이 어느새 2층으로 옮겨 놓았다. 좁고 가파른 계단을 낑낑 오르내린 탓에 얼굴이 시뻘겋게 달아올라 있었다. 어찌나 미안하고 고맙던지. 나는 마법처럼 옮겨진 침대며 책상, 선반들을 감개무량한 눈으로 둘러보았다. 많은 이들의 도움으로 힘겹게 얻은 새 보금자리였다. 같이 저녁도 해 먹고 수다도 떨고 방도 꾸미며 한 달을 정신없이 보냈다. 어느 늦은 저녁 날, 코타츠 앞에 앉아 일기장을 꺼냈다. 늦었지만 이사도 했으니 기록으로 남겨야겠다 싶었다. 그렇게 마지막 기록이 끊긴 페이지를 펼쳤는데.

나는 얼이 빠졌다. '너무 힘들다', '우울하다', '이사 가고 싶다' 등등 길게 써 내려간 줄글 밑에, 한 면을 가득 채운 커다란 필기체가 시야에 들어왔다.

'하나님, 제발 살려주세요!'

사건이 터지기 고작 며칠 전에 쓴 글이었다. 휘갈겨 쓴 것이 기억도 나지 않을 만큼 까맣게 잊고 있었다. 그 절박했던 심정을. 무단침입에, 경찰 출동에⋯ 내가 생각한 방법과는 전혀 다른 장르로 전개가 펼쳐지긴 했지만⋯ 지금은 이렇게 원하던 기숙사로 이사를 왔으니, 도와주긴 도와주신 셈이었다. 긴급구조가 다 그렇지 뭐. 어쨌거나 잘 빠져나와 이렇게 살아 있으니, 밤하늘 환히 보이는 창문에 서서 다시 기도를 드렸다.

"하나님, 감사합니다!"

X-day

아파트가 흔들거리는 것을 느꼈다. 오사카 한 달 살기를 시작한 그 첫 주에.

"방금 이거, 지진 아니야?"

"지진이야."

뒹굴뒹굴하며 TV를 보던 지인이 심드렁하게 대답했다. 그녀는 화면 하단에 자막으로 속보가 지나가는 것을 보더니 한 마디를 덧붙였다.

"봐, 지진 맞네."

그리고 또 한 마디.

"너도 바닥에 누워봐, 더 잘 느껴져."

여전히 발가락을 까닥이며 TV만 시청하고 있는 지인을, 나는 멍하니 바라보았다. 그런 나를 흘끗 쳐다본 지인이 키득거렸다. 고작 2도짜리 지진에 놀라다니, 그런 의미가 생략된 웃음인 것 같았다. 그러고 보면 「센과 치히로의 행방불명」에도 이런 장면이 있지 않나? 하루아침에 바다가 되어버린 주변 풍경

을 보고 센이 놀라자, 란이 빵을 우물거리며 대꾸하
던 장면.

"비가 내리면 바다 정도는 생긴다구."

비가 내리면 바다가 생기는 세계가 센에게 이상
했던 것처럼, 매일 지진 속보가 뜨는 나라도 내게는
대단히 생소했다.

대학에 입학한 뒤, 친구들은 각자 본인들이 겪은
지진 경험담을 얘기해 주었다. 별로 겪고 싶지 않은
일을 잘 통과하기만 하면, 그 경험은 심장 쫄깃한 무
용담이 되기 마련이다. 친구가 말하길, 작년만 해도
교토에 큰 지진이 있었단다. 그날도 여느 날처럼 가
모가와(오리강) 강변을 걷고 있었는데, 갑자기 땅이
엄청나게 흔들리기 시작했다고. 어쩔 줄 모르고 놀
라 주저앉아 있던 그 순간, 믿을 수 없는 광경이 펼
쳐졌더랬다. 아래로 흐르던 강물이, 땅의 흔들림을
따라 역방향으로 출렁이기 시작한 것이다. 마치 흔
들리는 세숫대야에 담아놓은 물처럼, 이쪽저쪽으로
철썩철썩. 그 광경이 얼마나 압도적이고 공포스러
웠는지, 친구는 잘 나가지도 않던 교회 선교사님께
전화를 걸어서 살려달라고 엉엉 울었다 했다.

하지만 지진이 자주 일어난다는 사실보다 무서운 게 있다. 강물과 바다를 흔들 만큼 큰 지진이, 언제 어디서 일어날지 아무도 예측하지 못한다는 것. 그래서 일본은(요즘은 한국도 마찬가지) 학생들을 대상으로 지진 대비 매뉴얼을 미리 가르친다. 어학교 학생들도 예외는 아니라, 오사카에 있는 재난방지 센터에 단체로 체험 학습을 갔다. 지진 코너 체험장은 일반 가정집 거실을 조그맣게 재연해 놓은 곳이었다. 1도부터 9도까지 흔들림의 강도를 보여주면서 설명이 시작되었다.

지진에 대비하는 순서는 다음과 같다. 첫 번째, 가스 밸브 잠그기(화재 예방). 두 번째, 창문이나 문 활짝 열기(탈출로 확보). 세 번째, 식탁 밑으로 숨기(낙상 예방). 미리 한번 눈으로 순서를 확인하고 입으로 반복한 뒤에 체험 무대에 들어섰다. 유치원생으로 돌아간 것 같은 상황이 우습기도 하지만… 어쩐지 들뜬 마음이었던 게 사실이다.

경보가 울렸다. 서둘러 밸브를 잠그고 창문을 열었다. 보통 1-2도의 지진은 위험성도 적고 느낌이 나지 않기 때문에 3도부터 시작했던 거로 기억한다.

그런데 이놈의 3도 지진조차 몸을 가누기가 어려웠다. 결국 4도에서는 식탁 밑으로 기어 들어가다 식탁 다리에 이마를 부딪치고 말았다. 겁나 아팠다. 안전을 위해 7도까지만 경험하고 내려와서 망정이지, 9도까지 갔으면 옆에 옹기종기 모여 앉은 친구들과 두개골 하이파이브를 했을지도 모르는 일이었다.

희한하게도, 내가 일본에 있는 동안에는 큰 지진이 일어나지 않았다. 일어나더라도 마침 한국에 나가서 집을 비운 때였다. 4도 지진이었던가. 옆방 언니가 알바를 마치고 돌아올 무렵이었다. 잘 닦인 길에서 멀쩡하게 자전거를 타고 가는데 자꾸만 자전거가 넘어지더란다. 이상하다 하면서 주위를 돌아보니 오토바이를 타고 가던 사람도 옆으로 픽 넘어지고 있었다. 그제야 언니는 뭔가 잘못됐다 생각했다. 뒤늦게 지진인 줄 깨달았지만, 흔들림이 멈추길 기다리는 것 외에는 방법이 없었다.

같은 시각 기숙사에 있던 다른 언니는 마침 방학을 맞아 친구가 놀러 온 상황이었다. 갑자기 건물이 엄청나게 흔들렸다. 언니는 친구가 당황하다 다칠까 봐 도리어 아무렇지 않은 척 연기를 했다고 한다. 이런 와중에 내가 경험한 지진은 기껏해야 코타츠가 달달거리며 튀어 오른 것이 전부이니, 어찌 보면 다행이라고 할 수 있겠다.

지진으로 불안해하는 심정은 외국인이나 자국민이나 비슷했다. 예능에서는 아예 X-day라는 것을 잡아두고 곧 일어날 관동 대지진을 분석하기도 했다. 고베 대지진 당일에 발견되었던 이상 사례를 들며, 이런 전조가 보이면 무조건 도망가야 한다는 식이었다. 그 예능 특집은 '주름진 구름, 붉은 해, 한 줄로 늘어선 물고기들' 따위로 한 시간 동안 무시무시한 긴장감을 끌어갔다.

3학년이 되던 해, 미국으로 교환 유학을 갈 기회가 생겼다. 또다시 새로운 환경에 적응해야 한다는 긴장감도 있었지만, 내심 지진대에서 벗어났다고 좋아했다. 이 얼마나 무식한 생각이었는지.

"어… 어어… 왜 건물이 흔들리지?!"

자려고 누웠던 침대에서 벌떡 일어났다. 학기 중이면 룸메이트나 다른 친구들에게 바로 물어봤을 텐데, 하필 학기가 끝나고 기숙사의 모든 학생이 집으로 돌아간 뒤였다. 에이 아니겠지, 찝찝한 기분으로 다시 누워 억지로 잠을 청해야 했다. 그러나 흔들림은 다음 날도 계속됐다. 다음 날도, 그다음 날도. 무슨 요람도 아니고 어떻게 밤마다 흔들리냐고. 그렇게 나 홀로 불안한 하루하루를 보내던 중. 우연히 기숙사에 같이 남아 있던 일본인 친구를 복도에서 마주쳤다. 무인도에서 사람을 마주친 듯한 기쁨도 잠시, 나는 냉큼 건물이 흔들리는 것 같지 않냐고 물어보았다. 신경증 환자로 취급당하지 않기를 바라면서. 친구의 대답은 명쾌했다.

"여기 지진대잖아."

…뭐야? 지진대라고? 겨우 X-day를 피한 줄 알았는데? 열 시간을 넘게 날아온 땅도 지진대면 어쩌자는 거야.

샌앤드레이어스. 날 요람 태우듯 흔든 캘리포니아의 거대한 지진대 이름이다. 그리고 훗날 이 녀석의 X-day는 예능이 아닌 블록버스터 영화로 만들어졌다. 그 예고편을 보았을 때의 황당함이란.

매일 밤의 흔들림이 지진이란 걸 알고 난 뒤. 난 곧장 짐을 쌌다. 여권, 지갑 같은 귀중품을 챙겨 넣은 핸드백은 침대 머리맡에 걸었다. 자다가도 건물이 많이 흔들리는 것 같으면 바로 뛰쳐 내려갔다. 거의 매일 5층 계단을 허겁지겁 뛰어 내려가 로비를 서성거렸지만, 일본인 친구는 숙면 중인지 보이지 않았다. 그렇게 날밤을 까다 일본으로 돌아오고 나니 얼마나 안도감이 들었던지.

예능에서 떠들어대던 X-day는 방송 시점으로부터 5년 뒤에 왔다. 내가 졸업해 귀국한 지 3년째 되던 해였다. 관측 역사상 최고 규모(9.1도)의 지진이 6분간 이어졌다고 했다. 대규모 여진이 한 달간 이어졌다. 전 세계의 바다를 천천히 오염시킬 원전 폭발 사고도 그때 일어났다.

당시 많은 유학생이 학업을 포기하고 고국으로 돌아갔다. 지인의 친구는 엘리베이터에 갇히는 사고로 트라우마가 생겨 돌아올 수밖에 없었다 한다. 이건 그나마 돌아갈 집이 있는 사람들의 이야기다. 오랜 삶의 터전이 무너진 주민들은 돌아갈 집도, 돌아와야 할 가족도 영영 잃어버렸으니까.

여러 해가 지나, 나는 지금 한국에 있다. 여기에도 지진은 있었다. 내가 사는 동네는 아니었지만 한국에서도 누군가는 집이 무너졌고 가족을 잃었다. 그럼 우리 동네는 안전하냐, 그건 아니다. 육안으로 북한 땅이 보이는 파주 임진강 근처에 살고 있으니까.

도로에 철책이 둘러져 있고 탱크가 지나다니는 곳을 안전하다고 할 수는 없을 것이다.

지구상에 완전히 안전한 장소란 없다. 대륙에 이리저리 흩어진 사람들은 모두 불안정함 속에서 오늘을 산다. 언제 일어날지 모르는 재난을 미리 알려고 애쓰기보다는, 서로를 만날 수 있는 지금에 감사하면서.

다카라가이케 밴드

밤 열한 시 반. 기숙사 앞 논밭에서는 개구리 떼가 열창 중이다. 그 소리가 정겨워 창문을 활짝 열어둔 채 뒹굴고 있는데. 똑똑. 누군가 내 방문을 두드렸다. 아래층 앙꼬언니다. 방에 불이 켜져 있는 것을 보고 올라왔나 보다.

"안 자나? 같이 쫑이 데리러 갈래?"

쫑언니는 심야 알바 중이었다. 자전거로 30분 정도 떨어진 프랜차이즈 규동 집에서. 이미 두 군데서 알바를 하고 있었지만 최근에 시급이 높은 심야 알바까지 추가했다. 학비와 생활비를 오롯이 혼자 충당해야 했기 때문이었다. 앙꼬언니는 새벽에 혼자 먼 길을 돌아올 쫑언니를 격려해 주고 싶은 거다.

"그래."

나는 앙꼬언니를 따라나섰다. 개구리 합창단의 배웅을 받으며 자전거로 내리막길을 달렸다. 습기 가득한 밤바람을 가르며, 저 시내 어딘가 불이 켜져 있을 규동 집을 향해. 알바를 마치고 나온 쫑언니가 우릴 보고 무슨 표정을 지었더라. 잘 기억나지 않는다. 반가워 웃었는지, 못 말리겠다며 한숨을 쉬었는지, 뭣 하러 왔냐며 핀잔을 주었는지 까맣게 잊어먹었다. 돌아오는 오르막길에 간간이 수다가 섞여 있었다는 것만 생각난다. 고된 새벽일을 마치고 또 이렇게 먼 오르막길을 혼자 올라와야 했을 언니에 대한 속상함은 접어두었다. 앞으로도 혼자 이 길을 달려가야 할 날들에 대한 예의였다.

무념무상 다리를 굴리다 보니 어느덧 다카라가이케 호수 공원에 다다랐다. 3분의 2 정도를 온 거다. 널따란 잔디 공원을 지나 지하철역으로 향하고 있을 때였다.

"어? 잠깐만!"

나는 급히 자전거를 세웠다. 저편 수풀 너머에서 기타 소리가 들려왔던 것이다. 우리는 감미로운 멜로디에 가만히 귀를 기울였다.

"나 저거 무슨 곡인지 물어볼래."

내가 결심한 듯 자전거에서 내렸다.

"나도 같이 가자."

쫑언니도 내렸다.

"아, 왜 이래?"

감성이 롤러코스터를 타는 시기는 벌써 지난 앙꼬언니가, 눈살을 찌푸리며 웃었다.

"왜, 같이 가자!"

"한 번만 더 연주해 달라고 하자!"

"됐다 마."

앙꼬언니는 길가에 세워둔 자전거를 한심스레 바라보며 핸드폰으로 눈을 돌렸다. 기다려 줄 테니 후딱 다녀오라는 소리다. 쫑언니와 나는 비탈을 달려 올라갔다. 호기심과 흥분이 뒤섞여 웃음을 멈출 수가 없었다. 수풀에 가까워질수록 기타 소리가 선명하게 들려왔다. 벌써 다른 곡으로 넘어갔나 보다.

빼꼼. 빼꼼.

수풀에서 튀어나온 두 얼굴에, 연주가 뚝 그쳤다. 바위에 앉아 있던 두 남자가 놀란 눈으로 이쪽을 바라봤다. 우리와 비슷한 또래였다.

"저… 지나가다가 기타 소리가 너무 좋아서 왔는데요…."

"아까 그 곡, 한 번만 더 연주해 주시면 안 될까요?"

굳어 있던 두 남자의 얼굴에 화색이 돌았다.

"물론이죠! 얼마든지."

말은 그렇게 해놓고 엄청 쑥스러운 표정이었다. 사람 없는 시간을 골라 연습하려 했는데 관객이 들이닥쳤으니 당황할 만도 하지. 요청한 쪽도 요청을 당한 쪽도 상황이 웃기긴 마찬가지. 안 웃으려 해도 실없는 웃음은 계속 삐져나왔다. 지하철역 뒤편의 수풀은 즉석 공연장이 되었다. 무대는 바위, 관객석은 잔디밭. 연주자 둘, 관람객 둘, 공연 시간 총 4분에 인터미션 없음.

"오케이, 해볼까…!"

모종의 사인을 주고받은 두 사람이 고개를 까닥이며 하나, 둘, 숫자를 읊었다. 그와 동시에 연주가 시작됐다. 화려한 핑거스타일이 정신없이 몰아치는 곡이었다. 피아노로 치자면 쇼팽의 '환상 즉흥곡' 정도 되려나. 관람객 두 명은 양손을 마주 모은 채 가만히 몸을 흔들었다. 그리고 연주에 방해가 되지 않도록 작은 목소리로 감상을 주고받았다.

"이 곡 아닌데…."

"그러게. 어떡하냐."

"지금이라도 말해?"

86

"안 돼, 안 돼."

무대와 관객석까지의 거리는 고작 다섯 보. 그러나 활짝 웃는 얼굴로 주고받는 한국어가 뭔 내용인지, 맞은편 연주자들이 알아들을 리는 없었다. 너무 열연을 해서 도중에 끊기도 애매하고. 이것은 마치… 스시 한 접시를 주문했는데 화려한 오마카세 한 상이 나온 느낌이랄까…? 우리는 그냥 조용히 이 귀중한 시간을 즐기기로 했다. 눈과 귀가 호강하며 4분이 흘렀다. 민망한 요청을 한 번 더 하기 위해 더욱 열렬히 박수를 쳤다.

반응은 예상대로였다.

"예?! 이 곡이 아니에요…?!"

"아까 그거네, 그거!"

"아아, 그거!!! 아하하! 그거였구나!"

"네네, 이 곡도 너무 좋은데 아까 그 곡이…."

"가능해요! 할 수 있어요! 들려드릴게요!!"

이럴 줄 알았다. 너무 민망하잖아. 그래도 우린 즐겁게 들었다구요, 정말루….

수치심을 떠나보내려는 듯, 네 사람이 와하하 크게 웃었다. 저쪽에서 고개를 젓고 있을 앙꼬언니가

87

눈에 선했다. 아무튼, 앵콜 공연을 가장한 본무대가 다시 시작되었다.

멋들어진 슬라이드를 시작으로 경쾌한 멜로디가 리드미컬하게 흘러나왔다. 두 손목이 맞춘 듯이 아래위로 움직였다. 다시 들어도 여전히 좋아 자동으로 몸을 흔들게 되는 이 곡의 제목은, 록밴드 Mr.Big 의 'To Be With You' 였다. 그 곡은 그때부터 지금까지 내 플레이리스트에 담겨 있다. 그만큼 강렬한 기억이었달까.

기타 줄에서 튕겨 나온 선율들이 여름밤 공기 속으로 흩어졌다. 깔고 앉은 잔디풀 냄새는 은은하고 시원했다. 이랏샤이마세를 수도 없이 외치다 땀이 송골송골 맺혔을 쫑언니가 행복하게 웃었다. 그 고됨을 다 이해할 수 없을 나도 웃었다. 두 관객을 위한 듀엣 연주가 끝나고, 박수 소리가 듀엣으로 터져나왔다. 스시 한 접시가 깔끔하게 비워졌다.

"저희, 토요일 이 시간마다 여기서 연습해요. 시간 되면 놀러 오세요."

아아. 가고 싶다. 가고 싶지만, 새벽 1시에 자전거 타고 여기까지 오는 게 과연 가능할까. 나는 그날 이

후로 기타 듀오를 만나러 가지 못했다. 쫑언니를 마중 나간 적도 없었다. 잘 시간이었고, 길이 어두워 무서웠고, 귀찮거나 피곤하거나 아무튼 의지가 없었다. 하지만 쫑언니는 자전거를 타고 달렸다. 몸이 아파서 그만뒀어, 라고 말할 때까지 심야 알바를 계속했다.

몇 달 뒤, 언니는 알바를 낮으로 옮겼다. 하지만 과제 마감일까지 옮길 수는 없는 법. 건축과였던 언니는 이러나저러나 늘 잠이 모자랐다. 손바닥만 한 건축 모형을 만들기 위해 몇 날 며칠을 교실에서 지새웠다. 피곤함에 절은 언니에게 다들 손을 보태고 싶어 했다. 쫑언니가 좋은 사람이라는 의미이기도 하다. 건축과 교실에 가면, 언니의 옆에서 누군가가 폼 보드를 잘라주고 있는 모습을 흔하게 볼 수 있었다. 나는 그 사람이 씨름하던 조악한 폼 보드를 이어받고, 어느새 또 다른 사람이 와서 스펀지 이끼를 붙이는 식으로 릴레이가 이어진다. 마감일에 가까우면 열두 시까지 돕는 경우도 더러 있었다. 그 대신 인제 그만 들어가 보라는 언니의 성화를 열두 번도 넘게 듣는다.

"우리 이제 가볼게."

우리는 미적미적 일어났다. 등을 굽힌 쫑언니만 그 자리에 두고 오는 것이 못내 안쓰럽다. 도와줘서 고마워, 그렇게 말하는 언니의 눈 밑이 퀭하다. 눈을 뜨고 있는지 감고 있는지 모르겠다. 그래도 이쯤에서 빠져야 했다.

"에휴….."

그렇게 돌아가는 길에는 늘 번갈아 한숨을 쉬었다. 불공평한 세상. 알바와 과제물을 적당히 짊어진 사람이 속으로 그렇게 중얼거렸다. 찌르르, 쓰르르. 풀벌레 소리가 교정을 가득 채운다. 교토만큼이나 점잖은 새벽의 오케스트라. 그 소요한 교정 사이를 터벅터벅 걸어 나왔다.

여우비

"끝내주게 행복한 순간이 있었나요?"

이런 질문을 받으면 머릿속에 무슨 장면이 떠오를까. 아마 누구나 그런 순간이 있을 것이다. 진창 같던 하루가 마법처럼 환희로 바뀌는 순간. 수백 명의 참가자 중 내 번호가 1등 경품의 주인공으로 불리는 순간. 그리워만 하던 사람을 불현듯 만나는, 어느 영화와 같은 일들이 이뤄지는 순간. 이런 순간은 평생 한 번 있을까 말까 싶을 만큼 드물다. 나 역시 살면서 그런 순간을 만난 적이 있다. 아, 경품에 당첨된 이야기를 하려는 건 아니다. 내가 말하고자 하는 끝내주는 순간이란, 그보다는 훨씬 소소하게 찾아오는 것들이다. 예를 들자면, 인생 영화를 만났을 때. 혹은 너무 먹고 싶었던 간식을 품절 직전에 데려와 한 입 베어 물었을 때. 배가 찢어지도록 웃어서 걱정이 다 날아갔을 때. 이어폰 속 노래가 주변 풍경과 딱 맞아떨어질 때 같은 것들이다. 대부분 우연히 마주하는 이 작은 사건들은, 그리 어렵게 벌어지는 일은 아니면서도 끝내주게 행복하다. 생각지도 않은 때에 찾아든 서프라이즈 선물처럼 말이다.

#하나

집으로 돌아가는 길. 자전거 페달을 굴리는 두 다리에 힘이 솟는다. 앞바구니에는 다 들어가지도 않는 호두 파이 상자가 비스듬히 담겨 있다. 가격은 399엔. 한 조각이 아니라, 지름 30센티의 통 파이다. 손바닥만 한 타르트 하나가 280엔이니까 이 정도면 거저 얻은 거나 다름이 없다. 대형 마트 지하에서 이 호두 파이를 발견한 날, 나는 여러 번 가격표를 확인했다. 먹어보니, 어떻게 저녁까지 매장에 남아 있는 걸까 의문이 들 정도로 맛이 훌륭했다. 은혜로운 가성비의 호두 파이를 만나기 위해 나는 주에 한 번씩 꼭 그 마트를 갔다. 그리고 호두 파이 자리가 비어 있으면 '이럴 줄 알았지' 하며 돌아오고, 딱 하나 남아 있으면 '버려줘서 고맙다!' 쾌재를 외치며 품에 안아 드는 것이다. 복불복인 게 싫지는 않다. 당첨 날이면 행복도 두 배니까.

#둘

집 근처 마트에 장을 보러 갔다. 그날은 모처럼 야외 가판대가 설치되어 있었다. 세일 품목은 채소나 과일이 아닌 비디오테이프. 모두 한 무더기 쌓아놓고 골라잡는 중고품이었다. 언뜻 살펴보니 오래된 외화가 대부분이었다. 개인 노트북이 없었던 나는 오래된 TV와 비디오 플레이어를 중고로 구해놓은 상태였다. 안 그래도 옆방 쫑언니는 어디서 구했는지 한국 드라마 비디오를 한 무더기 쌓아놓고 보던데. 이 기회에 재밌는 영화 비디오 몇 개만 소장해야겠다. 한참을 가판대 앞에서 기웃거리다 두 개를 골랐다. 「패밀리 맨」과 「당신이 잠든 사이에」. 어쩌다 보니 두 개 다 크리스마스를 배경으로 한 영화였다.

영화는 무척이나 따뜻했다. 타국에서의 긴장과 외로움이 모조리 잊힐 만큼. 두 영화 속 주인공들은 선택의 기로에서 갈팡질팡했고, 계속해서 잘못된 길로 빠져들었다. 그리고 최악의 실수를 저질렀음을 깨달았을 때, 그들은 모두의 앞에서 진심을 폭로했다. 마침내 달콤한 결말을 얻어내는 장면에서 나는 펑펑 울었더랬다.

15년이 지난 어느 날, 커뮤니티에서 이런 제목의

게시글을 발견했다.

스무 번 넘게 본 영화 있으신가요?

댓글이 60개가 넘는다. 다들 이런 얘기를 하고 싶었나 보다. 나도 얼른 댓글을 달고 다른 사람들이 적어놓은 영화 제목들을 쭉 읽어내렸다. 그러다 한 지점에서 스크롤이 멈췄다.

「당신이 잠든 사이에」

이런. 엄청난 내적 동질감이 솟았다. 얼굴도 모르는 상대에게 마구 질문을 쏟아내고 싶었다. 이 사람도 나처럼 외로웠을까. 그래서 빨래를 갤 때도, 과제를 할 때도, 밥을 먹을 때도, 영화 속 대사와 배경 음악에 묻어 있는 온기를 계속 재생시켰을까. 그러다 문득 깨달았다.

'나에게도 인생 영화가 있었구나.'

어쩌다 만난 중고 비디오테이프가 새삼 고마워지는 순간이었다. 이미 지나온 긴 터널을 돌아보며 미소 지을 수 있다는 건 행복한 일이니.

#셋

숲에 가려진 마성의 호수. 다카라가이케는 존재만으로도 위안이 되는 장소였다. 탁 트인 잔디밭과 오솔길, 반딧불이 날아다니는 수로. 그런 것들을 지나 더 안쪽으로 들어가면 갑자기 커다란 호수가 눈앞에 펼쳐진다. 그곳에 있노라면 사람의 말소리도, 물결 소리도 거의 들리지 않았다. 잔잔한 수면에는 사방을 에워싼 숲과 동그란 하늘만이 담겨 있어서, 꼭꼭 숨어 있는 듯한 느낌이 들었다. 그 느낌이 좋아 자주 그곳을 찾았다. 수로 아래에서 기타를 치기도 하고, 그냥 자전거로 한 바퀴를 돌고 오기도 했다.

해가 눈부시게 빛나던 어느 날 오후도 그랬다. 나는 자전거를 타고 호수 공원의 새파란 잔디밭을 달렸다. 자갈이 깔린 좁은 오솔길에 접어들자, 휙휙 지나가는 나무 사이로 노을이 비췄다 사라지기를 반복했다. 이어폰에서는 전날 이곳에서 만난 노래, 'To Be With You'가 흘러나오는 중이었다. 신나게 달리다 보니 어느덧 호수가 나타났다. 지는 해가 만들어 낸 빛깔이 수면에서 조용하게 반짝거린다.

"아아… 좋다."

역시 오길 잘했어. 그런 생각을 하며 호수를 바라보고 있을 때였다.

쏴아아아一!

하늘에서 난데없는 물벼락이 쏟아졌다. 엄청난 양의 소나기다. 황당한 건, 이렇게 굵은 비가 퍼붓고 있는 저 하늘에 아직도 해가 쨍하다는 거다.

서둘러 비닐우산을 펼쳤다. 교토 날씨가 이렇지 뭐. 햇빛이 그대로 투과되는 비닐 위로 장대비가 우렁차게 들이붓는다. 이러다 비닐 찢어지겠네. 가까스로 1인분의 지붕을 얻은 나는 다시 앞을 바라봤다. 시선이 멈췄다. 눈도 깜빡이지 않고 고장 난 사람처럼 정면만 뚫어져라 응시했다. 수면 위로 부서져 갈라지는, 다이아몬드처럼 반짝이는 물보라를.

그것은 마치 박수 갈채와도 같았다. 떨어지는 빗방울과 지는 노을을 머금은 채, 온 호수가 리듬에 맞춰 들썩였다. 환희의 물방울들이 전력을 다해 솟구쳐 튀어 올랐다 떨어져 내렸다. 이 순간만을 기다려 온 듯 눈부시게 춤을 춘다. 시종일관 잔잔하게 누워 있던 물결은 그렇게 해방을 만끽했다. 오직 빽빽하게 둘린 숲이 그 모습을 말없이 굽어볼 뿐이다. 정신없이 빗방울을 얻어맞는 나뭇잎은 글쎄, 한 소리 했는지도 모르겠다.

어느 여우인지, 시집 한번 요란하게 간다고.

이상한 나라의 수학 선생님1

나는 급히 벌어지는 입을 틀어막았다.

'아니, 아니지. 눈부터 막아야…!'

커다랗게 열린 눈과 입 사이에서 양손이 왔다 갔다 난리가 났다. 옆에 있는 두 언니는 벌써 테이블에 얼굴을 묻고 꺽꺽 웃는 중이었다. 빨간 사이렌 불빛이 요란하게 돌아가며 좁은 바를 비춰댔다.

며칠 전.

참새를 닮은 쨋언니와 기온으로 향했다. 멋들어진 목조 건물 앞에 그림 전시회를 알리는 작은 입간판이 세워져 있었다.

"어서 와, 얘들아! 와줘서 고마워."

카툰과 선배 콩언니가 활짝 웃는 얼굴로 우리를 맞아주었다. 정갈한 인테리어, 하얀 벽마다 걸린 그림들이 2층까지 이어져 있어 시간 가는 줄도 모르고 구경했다. 온종일 자리를 지켜야 할 선배를 위해, 우리는 반나절 정도 그곳에서 시간을 보내기로 했다.

장소가 장소인 만큼 여행객이나 외국인이 종종 들어왔다. 유학생의 그림에 관심을 가진 일본인들 역시 반응이 괜찮았다. 관람객들과 수다를 떨다 보니 심심할 틈이 없었다. 마침, 한 일본인 남성이 콩 언니에게 인사를 건네왔다.

"전시 잘 봤습니다. 아주 즐거웠어요."

훤칠한 키에 반듯한 블루 셔츠, 민머리가 유난히 반들거리지만 나이는 꽤 젊어 보였다. 활짝 웃는 얼굴이 굉장히 호감인데.

"마에다라고 합니다. 입시 학원에서 수학 가르치고 있어요."

"오, 수학 선생님!"

생소한 직업군을 만난 우리의 입에 시동이 걸린다. 명함이 오가고 양국의 학교와 학원에 대한 이런저런 이야기가 오간다. 한참을 웃고 박수를 치며 분위기가 무르익을 때 즈음, 마에다 씨의 두 번째 직업이 공개됐다.

"댄서예요. 가끔 무대에도 서고."

낮에는 수학 강사, 밤에는 댄서? 이거는 귀하지.

"마침 이번 주말 근처 클럽에서 한국 댄서들이랑

교류 공연을 하는데… 궁금하면 한번 올래요? 초대
장 보낼게요."

대박, 대박. 절대 갑니다. 아리가또!

그리하여 우리 세 사람은 며칠 뒤 또다시 기온 거
리를 찾았다. 밤이 되자 낮과는 전혀 다른 풍경이 펼
쳐졌다. 주점 앞에 하나둘 등불이 걸리고 흥에 취한
웃음소리가 들려오기 시작했다. 하얗게 분을 칠한
마이꼬상도 드문드문 보였다. 그때까지는 우리도
웃으며 신나게 거리를 걸었다. 그러나 주점들을 몇
개나 지나쳐 인적이 드물어진 골목으로 들어서자,
누가 먼저랄 것도 없이 발걸음이 느려졌다. 목적지
에 도착한 우리는 심란한 얼굴이 되어 서로를 바라
봤다.

"여기 맞아…?"

"조금 이상한데…."

"설마 납치당하는 건 아니겠지…?"

이마를 맞대고 몇 번이나 지도를 확인했다. 클럽
이라 하기에는 지나치게 허름하고 작은 맨션이었으
니까. 벌레들이 모여 죽어 있는 하얀 형광등. 우중충
한 분위기의 자그마한 엘리베이터. 저걸 타고 지하
1층으로 내려오라는 거지….

"언니, 잘 생각해 봐….."

"그러면 어떡해, 여기까지 왔는데…! 다시 집에 가?"

"수학 강사인 척하는 인신매매범일 수 있다구!"

"그럼 뭘 하러 댄스 한다는 거짓말을 하냐."

"맞다, 우리 그 아저씨 춤추는 거 못 봤잖아!"

혼란한 대화가 오가던 그때. 어디선가 두 남녀가 나타났다. 그들은 설전을 벌이던 우리를 유유히 지나쳐 엘리베이터 앞에 섰다. 깡마른 여자와 그녀의 어깨 정도 오는 키의 통통한 남자. 어쩐지 묘한 부조화가 느껴지는 이유는 키가 아니라 착장 때문이다. 여자는 쨍한 핫 핑크 스타킹을 신고 있었다. 허벅지까지 내려오는 까만 생머리 때문에, 마치 머리에 핑크색 다리가 붙어 있는 것처럼 보였다. 예술 세계의 가도를 달리는 중이라고 온몸으로 표현하는 느낌이랄까. 반대로 남자는 짧은 스포츠머리, 검은 뿔테 안경, 빵빵한 백팩을 착용하고 있었다. 이런 생각 실례지만… 오타쿠 같다.

"여기 맞나 보다."

"그런가 보네."

"들어가 봅시다."

신속하게 결론을 내리고 그들과 함께 엘리베이터에 올라탔다. 정확한 타이밍에 정확한 사인을 보내준 두 사람에게 진심으로 감사하면서…. 클럽이 분명할 지하 1층을 향해, 엘리베이터가 움직이기 시작했다.

천천히 문이 열린다. 갈라지는 문틈으로 엄청난 소음과 함께 알록달록한 빛이 쏟아져 들어왔다.

다행이다! 네온 조명이야!!!

말은 안 했지만 다들 적잖이 안도한 표정이었다. 힘을 줘 부릅떴던 눈도 어느새 호기심으로 반짝이기 시작했다. 사방으로 검은 천이 둘러져 있고, 구석에는 스태프로 보이는 사람들이 사운드를 점검하고 있다. 좀 더 앞으로 가려는데, 천이 걷히며 아는 얼굴이 나타났다.

"이야, 와주셨군요!"

"마에다 씨!"

폐장 직전인 놀이공원에서 헤매다 아빠 만난 것 같은 이 기분! 무사히 도착했다는 사실에 자축의 눈빛을 교환하며, 우리는 마에다 씨의 안내를 따라 검은 천 안쪽으로 발걸음을 옮겼다. 마치 커튼이 걷히듯 아담한 내부가 모습을 드러냈다. 엘리베이터 앞

남녀의 조합만큼이나 기이한 관객들의 모습까지도.

맨 처음 눈길을 끈 것은, 구석 테이블에 앉아 있는 할머니였다. 핑크빛 기모노를 입은 할머니는 박물관에나 있을 법한 얇고 긴 곰방대를 물고 계셨다. 등허리가 다 보일 정도로 축 늘어진 옷깃, 붉은빛이 도는 눈화장 주위로 담배 연기가 흩어졌다.

흠칫 놀라 옆으로 눈을 돌렸다. 혼자 테이블을 차지하고 앉은 남자가 보였다. 기다란 히피펌 머리카락에 얼굴이 파묻히긴 했지만, 분명 남자다. 벌써 분위기에 취한 건지 연신 병맥주를 들이켜는데… 이따 공연에 난입하는 일만 없길 바라야겠다. 눈이라도 마주치지 않게 얼른 반대편으로 고개를….

"…?!"

맞은편을 본 순간, 나는 또 다른 혼란에 휩싸였다. 우리 세 사람만큼이나 이곳에 어울리지 않는, 지극히 평범한 중년의 아저씨가 앉아 있던 것이다. 연둣빛 골프웨어 카라 티셔츠에 면바지 차림. 딱 근처 복덕방에서 마실 나온 모양새였다. 뭐가 마음에 안 드는지 두툼한 팔뚝으로 팔짱을 끼고는 부루퉁한 얼굴로 이리저리 주변을 노려보셨다. 스벌스벌 욕을 중얼거리는 걸 보니, 반년 치 밀린 임대료를 받으러 오신 걸지도 몰랐다.

'뭐 지하 던전인가….'

요상한 조합 속에 추가된 우리는 엉거주춤 테이블에 둘러앉았다. 상황 파악이 안 되니 자꾸만 웃음이 삐져나왔다.

"여기 클럽 맞아…?"

"좀 이상한데…."

"집 요정이 음료 갖다주는 건 아니겠지."

다행히 음료를 가져다준 건 마에다 씨였다. 와줘서 고맙다며 음료를 산 것이다. 심지어 이 토마토주스, 겁나 맛있다! 추가로 시킨 닭똥집 구이는 또 어떻고.

"비주얼 무슨 일! 너무 고급스러운 거 아냐…?"

"클럽 맞네."

"호텔 레스토랑이라 해도 믿겠다."

예상치 못한 하이퀄리티 요리로 인해 의심은 깨끗이 사라졌다. 긴장은 좀 내려놓고 본격적으로 분위기를 즐겨봐야겠다, 그렇게 생각했다. 어쭙잖은 초심자들의 착각이었다.

벌떡. 옆 테이블에서 병나발을 불던 남자가 느닷없이 자리에서 일어났다.

"!!!"

우리의 시선도 고급스러운 닭똥집에서 남자 쪽으로 옮겨갔다. 남자는 무대 쪽으로 휘청휘청 걸음을 옮겼다. 손에 들린 맥주도 출렁이고 남자의 곱슬머리도 출렁거렸다. 취객은 기어코 무대 앞 출입 금지 테이프를 넘어갔다. 객석에서 무대까지의 거리는 열 걸음도 안 되는 좁은 공간. 스태프건 누구건 달려와 말려야 하는 거 아닌가, 조마조마 바라보던 그때.

남자가 턱, 하고 구석에 술병을 내려놓았다. 그러고는 무대 위에 놓여 있던 일렉 기타를 집어 들었다. 이거 이거, 일이 커져간다.

"저 사람 왜 저ㄹ…."

쿠와아앙―!

기타 소리가 지하를 뒤흔들었다. 심장까지 진동

104

할 만큼 커다란 굉음이었다. 남자는 여전히 휘청거리며 현란하게 손가락을 움직여댔다. 취객 난입이 아니라, 공연의 시작이었던 것이다.

와, 엄청난 반전에 엄청난 등장! 우리는 흥분한 눈으로 무대를 바라보았다. 남자가 고개를 흔들자 머리카락이 스프링처럼 춤을 췄다. 손가락은 점점 더 빠르게 움직였다. 취기인지 광기인지 아무튼 대단한 연주 실력이었다. 그… 딱 하나. 멜로디가 없다는 것만 빼고는.

쿠와라랑, 지기지이잉, 우왕오와아앙!

벌써 20분째다. 귀청이 살려달라고 울부짖는다.

"기타 연주는 몇 분 정도 하나요?"

공연 중 스태프에게 이런 질문을 던질 수도 없는 노릇이었다. 애매한 눈웃음을 주고받는 우리 옆에서, 또다시 쌍욕을 중얼거리는 소리가 들려왔다. 복덕방 아저씨도 오프닝 연주에 화가 많이 나셨나 보다.

그 순간, 건물 전체에 사이렌 소리가 울려 퍼졌다. 동시에 빨간 조명이 대차게 돌아가며 벽을 사방으로 훑어댔다. 출처는 바닥에 놓인 주먹만 한 사이렌이었다.

'저게 언제부터 저기 있었지.'

뭐, 그게 중요한가. 사이렌이 울리든 스프링클러가 터지든 저 기타만 멈출 수 있다면 대환영인데…. 기타 소리가 점점 커지는 건 기분 탓일까. 사이렌 주변 바닥이 점점 올라오는 것도, 기분 탓이겠지…?

"어머, 어머, 어머!!!"

갑자기 콩언니가 우리 어깨를 치기 시작했다. 사이렌을 돌아보던 쨱언니도 갑자기 손뼉을 쳤다.

왜? 왜? 나만 몰라? 뭔데, 뭔데?!

나는 두 눈을 동그랗게 뜨고 사이렌을 살폈다. 사이렌이 아까보다 더 위로 솟았다. 바닥에 깔려 있던 파란 비닐도 같이 올라가, 무슨 시퍼런 산처럼 보였다. 바닥에 장치를 깔아놨나 보다. 그런데 저 산 옆에 툭 튀어나와 있는 건 뭐지?

나는 입을 쩍 벌렸다.

'설마 저거… 사람 다리?'

1분도 채 안 되어 설마가 진짜임을 확인할 수 있었다. 보일 듯 말 듯 접혀 있던 다리가 점점 벌어지더니, V 모양으로 완전히 펼쳐졌다. 바닥에 깔린 건 '장치'가 아니라 '인간'이 천천히 올라오고 있던 것. 그러니까 지금 어떤 미친놈이 비닐 속에서 다리만 내놓은 채 물구나무를 서 있다고 봐야 했다. 그 말인

106

즉슨, 산 정상에서 돌아가고 있는 저 사이렌이 두 다리 사이에 놓여 있다는…. 오 마이 갓.

두 눈이 튀어나올 뻔했다. 이성의 끈을 놓지 않은 덕에 간신히 비명은 참아냈지만, 웃음을 참기란 불가능했다. 누군가의 거시기에서 불이 나도록 울려대는 사이렌을 보고 가만히 감상할 수 있는, 그런 고차원적인 뇌 구조가 아니라 어쩔 수 없었다. 눈보다는 입을 틀어막는 게 시급했다. 아… 어쩌지. 기타 연주가 격렬해질수록 다리도 점점 하늘 위로 벌어졌다. 옆 테이블 아저씨의 욕도 덩달아 다양해지고 있었다.

"돌았나, 저 멍청한 자식이."

웃음을 참다가 배가 끊어질 지경인 우리는, 이제 아저씨의 욕마저 버튼이다. 여기 누구 멀쩡한 사람 없나요? 누구 상식적인 사람 없냐고요. 마에다 씨 어덜 간 거예요. 이런 데라고 왜 말 안 했어요? 우리만 여기 데려다 놓고 대체 어디로 간 거예요! 그러나 마에다 씨는 대답이 없었다.

"저, 저거… 저거 설마…?!

불필요할 정도로 느릿하게 올라가던 사이렌 산에서 마침내 비닐이 걷혔을 때, 우리는 경악했다. 남자는 민머리였다. 까만 수경을 쓰고 있었지만 누가 봐도 마에다 씨였다. 맨몸에 고무벨트 같은 것을 X자로 두르고 있었지만, 전날 수줍게 명함을 건네던 입시 수학 학원 선생님 마에다 씨임이 틀림없었다!

"에라이, 또라이 새끼 같으니."

누구보다 상식적인 옆 테이블 아저씨의 욕지거리 한 방에, 결국 참아왔던 웃음이 터지고 말았다. 합석을 요청하자, 아저씨도 흔쾌히 수락했다.

"마에다 씨랑 아는 사이세요?"

"그럼! 친구니까 여기 와줬지, 아니면 이딴 미친데 오지도 않았어! 바보 같은 놈."

찐친이다. 진짜 우정이야. 아저씨는 그 후로도 몇 번씩이나 바카야로, 아노야로를 연발하더니, 마에다 씨가 무대 뒤로 사라지자 안정을 되찾으셨다.

"너희들, 교토 살면서 쿠조(9조) 쥬조(10조) 거리 가봤어?"

"고죠(5조)까지만 가봤어요. 쥬조도 있어요?"

"일제 강점기부터 한국인들이 모여 사는 데인데, 거길 안 가봤어? 이런."

갑자기 역사 수업이 시작됐다. 아저씨가 말한 곳은 일본에서도 가장 천한 부락민들이 살던 곳이라고 했다. 강제 노동으로 끌려온 한인들이 그들과 같이 살게 되었고, 70년대만 해도 수도와 전기가 공급되지 않던 빈민촌이었다고. 지금은 한인타운이 되었지만 여전히 차별에서 자유롭지 못한 곳이기도 했다.

기분이 이상하다. 먼 옛날 일인 줄 알았던 이야기가 손에 잡힐 듯 가깝다. 흑백 사진과 컬러 사진 만큼이나 다른 시간대 아니던가. 부락민. 강제 노동자. 한인타운. 그런 것들이 대체 언제부터 거기 있었을까. 사실 카메라 속 필름은 한 번도 교체되거나 끊어진 적이 없었다는 말을 들은 것처럼 기분이 묘하다. 어느덧 무대에는 다시 등장한 마에다 씨가 알몸으로 뛰어다니고 있었다. 이번에는 수경 대신 넥타이를 이마에 묶었다. 동전을 던졌다가 어딘가로 잃어버리고는, '거기 누구 없어요?' 혼잣말을 외쳤다가, 또다시 강시처럼 콩콩 뛰어다닌다. 지인의 너무나 적나라한 그곳은 차마 눈 뜨고 못 보겠다.

마에다 씨가 열연한 1부가 끝나고, 곧이어 2부가 시작됐다. 이번에는 한국 댄서들의 차례였다. 운동으로 다져진 몸의 여자 댄서가 나와 무대를 누볐다. 다행히 알몸은 아니었다. 발음이 조금 어색한 걸 보니, 재일교포일지도 모르겠다.

안녕하세요, 거기 누구 없나요, 슬픈 눈으로 허공을 헤매는 여자와 달리, 나는 지루했다. 어서 이 이해 못 할 공연이 빨리 끝났으면 하는 생각뿐이었다. 닭똥집을 어떻게 만들면 저렇게 맛있어질까. 그런 고민으로 나머지 시간을 채웠다. 드디어 공연이 끝나고, 옷을 모두 갖춰 입은 마에다 씨가 환한 미소로 걸어왔다.

"잘 보셨어요?"

"예… 잘 봤습니다."

"어떻게, 괜찮았나요?"

"예예, 놀라웠고… 아주 좋았어요!"

할 말은 많지만 차마 못 하겠습니다. 우리는 마에다 씨와 그 옆에 못마땅한 표정으로 서 있는 복덕방 아저씨에게 작별 인사를 했다. 엘리베이터 쪽으로 가는 길, 기타 연주자가 '다음 공연에도 와주세요'라며 팸플릿을 내밀었다. 받아는 들었지만, 아마도 가지 않을 테니 조금 미안하다. 거기 누구 없냐고 물어보던 사람들을 놔둔 채 얼른 엘리베이터를 탔다. 지상으로 나오니, 거기 누구 없는지 별 관심 없는 사람들이 거리를 지나다닌다. 그날의 내가 그토록 바라던, 상식의 세계였다.

홍이

"언니, 선물."

홍이가 1,000㎖ 우유갑을 내민다. 내가 좋아하는 저온살균 우유다. 가끔 비가 많이 오는 날이면 마트 우유에 할인 스티커가 붙는데, 오늘이 그날인가 보다.

"고마워."

배시시 웃으면서 우유를 받아 들었다.

"맛있게 드시오."

쿨하게 돌아선 홍이는 성큼성큼 건너편 제 방으로 걸어간다. 내가 뭘 좋아하는지, 어떤 사람인지 기억해 주는 사람. 그런 친구가 곁에 있다는 걸 실감하는 데에는 이런 우유 하나면 충분했다.

홍이와 나는 학과가 달랐다. 우리가 겹치는 수업이라곤 유학생을 대상으로 하는 '미술사' 같은 교양 과목이 전부였다. 열댓 명의 학생들 중에서 홍이는 유독 눈에 띄었다.

"올림푸스 열두 신 중 한 명으로, 곡물과 수확을 담당한 신인데…."

"데메테르."

꼭 질문이 아니어도, 아는 것이 나오면 홍이는 어김없이 혼잣말을(다소 크게) 중얼거렸다. 그 모습이 얼마나 진지한지, 그녀가 걸쳐 쓴 안경에서 광선이 나오는 것 같았다. 아는 척 오진다고 욕먹을까 봐 몸을 사릴 만도 한데 당사자는 한결같다. 처음에 킥킥거리던 동기들도 점차 시들해지더니, 나중에는 대답을 하거나 말거나 신경도 쓰지 않았다. 난 줏대 있게 눈치 없는 홍이가, 진심으로 흥미로웠다. 저 지치지 않는 에너지! 광기 어린 도도함! 분위기 못 읽는 발표봇!

하… 굉장해.

"홍이랑 친해지고 싶다."

"뭐? 누구랑?"

"걔한테는 뭔가가 느껴진단 말이지."

"……난 모르겠는데."

부엌에서 같이 설거지를 하던 앙꼬언니가 나를 이상한 눈으로 쳐다보고 갔다. 하지만 난 속으로 생각했다.

'이렇게 보는 눈이 없어서야.'

1학년 홍이는 매일 자전거로 40분 거리의 동물원을 오갔다. '일주일 크로키 100장' 과제를 채우기 위해서다.

"이 더운 날 쟤 어디 가니?"

"동물원 가잖아."

"또 가?"

페달을 힘차게 밟으며 떠나는 홍이를 보고 언니들이 대화를 주고받는다. 나는 또 실소가 터졌다. 아… 이러면 안 되는데. 땡볕에 달리는 안쓰러운 장면인데. 왜 뒷모습도 진지한 거야. 무슨 에너자이저냐고.

2학년 1학기. 봄이 왔다. 그즈음 홍이와 나는 졸업한 선배로부터 아르바이트를 소개 받아 같이 일을 하기 시작했다. 마트 오픈 전 두 시간 동안 상품을 진열하는 일이었다. 나는 반찬과 정육 코너를, 홍이는 가공식품과 유제품 코너를 맡았다. 일이 끝나면 우리는 나란히 건물 뒤에 앉아 빵을 먹곤 했다. 나는 물한 모금 없이 빵을 먹어 치우는 홍이를 늘 신기해했다. 홍이는 꼭 물을 먹어야 하는 내가 신기하다 했다.

"언니, 선물."

빵을 우물거리던 홍이가 비닐봉지를 내밀었다. 저온살균 우유다. 유제품 코너에서 할인 스티커를 붙이다, 내가 생각나서 하나 사 왔다고 했다. 지나가는 말로 '저온살균 우유는 맛있는데 비싸서 잘 못 사 먹겠다.' 얘기했던 걸 기억하고 있었나 보다. 엄청나게 감동하는 나를 보고, 홍이는 그 뒤로 가끔 그렇게 우유를 사다 주었다.

오전 수업이 없는 날이면 우리는 같이 다카라가이케 공원 수로에 앉아 기타를 치거나 노래를 불렀다. 어느 날은 함께 도쿄까지 기차 여행을 다녀오기도 했다. 재밌다고 웃기도 하고, 왜 맨날 그런 식이냐며 싸우기도 했다. 시끄러운 일 년 반이 지나가고 3학년이 되었다.

"대체 왜 안 간다는 건데?"

홍이가 답답하다는 듯 한숨을 쉰다. 벌써 다섯 번째 같은 말이다.

"그냥 귀찮아."

"언니가 먼저 교환 유학 준비하자고 했잖아. 포트폴리오만 내면 끝인데 이제 와서 왜 원서 접수를 안

114

한대?"

그러니까 귀찮다고. 다섯 번째 같은 대답을 해줬지만 홍이는 들은 척도 안 했다. 내가 교환 유학을 가야겠다 마음먹은 건 신입생 오리엔테이션 때부터였다. 껄렁한 학생회장이 대강 읊어대는 정보들 가운데, 유독 교환 유학에 대한 부분에서 심장이 두근거렸다. 기회가 닿는 대로 여러 나라를 다녀보고 싶어서 그랬나. 잘 모르겠지만 3학년 2학기 교환 유학 프로그램 신청자 모집 공고가 떴을 때는 신이 나서 홍이에게 떠들었다. 같이 신청해 보자고 꼬드기기까지 했다. 그런데 알아보면 알아볼수록 세부 요건과 절차가 만만치 않은 것이다. 꼼꼼함과 준비성. 하필 이 두 가지가 결핍된 나는, 갑자기 앞으로 헤쳐나갈 미래가 두려워지기 시작했다. 어차피 면접에서 떨어질 거라고, 귀찮아서 안 한다며 못난이처럼 굴었다.

"언니, 일주일 남았어. 포트폴리오 준비했어?"

"언니, 3일 남았어. 어느 정도 했어?"

물론 이 에너자이저한테는 씨알도 안 먹힐 변명이다.

"하아… 언니, 잠깐 앉아봐. 나랑 얘기 좀 하자."

"푸하하! 그만 좀 하라고! 나 하기 싫다고!!!"

3일 후. 나는 포트폴리오를 제출했다. 집념의 홍이를 이길 방도가 없어서. 그런데 그게 글쎄, 덜컥 합격했다. 면접에서 했던 대답들이 우연히 잘 먹힌 탓이었다. 문제는 홍이가 떨어졌다는 거다. 산더미 같은 서류들은 나한테만 밀려들었고, 홀로 준비하기가 벅차서 질질 짜기에 이르렀다. 홍이가 같이 붙었더라면 절대 일어나지 않았을 일이다. 아마 걔는 안경을 빛내면서 척척 서류들을 처리하고 나한테 이거저거 준비했냐며 골백번을 물어봤겠지. 이듬해 홍이는 정말 그렇게 했다. 어학연수를 결정하고, 서류들을 척척 준비해서 영국에 있는 대학으로 유학을 다녀왔다.

"언니, 선물."

아줌마가 되어 살아가던 어느 날. 아줌마가 된 홍이가 고급스러운 종이백을 내게 내밀었다.

"대박… 이걸 한국에서 먹어보다니."

나는 감격에 겨운 표정으로 상자를 열었다. 샤토레제 슈크림 빵 세트다! 슈크림 반, 초콜릿 크림 반!

'제이언니가 진짜 맛있다고 추천했던 빵인데!'

제이언니. 불쑥 떠오른 이름에 잠시 기분이 몽롱해졌다. 잊고 있던 옛 이야기책의 한 페이지가 흐릿하게 떠오르는 느낌이다. 어디선가 목소리도 들리는 것만 같다. '그 슈크림 빵은 크림이 이마안큼 들어 있어. 근데 하나도 안 느끼하다? 너무 비싸서 진짜 먹고 싶을 때만 큰맘 먹고 사.' 그렇게 말해놓고는 느닷없이, '옜다, 먹어라' 하면서 주먹만 한 슈크림 빵을 내 손에 쥐여주었던 언니. ……그런데 잠깐.

"홍이 너, 내가 이거 좋아하는 거 어떻게 알았냐."

"이 언니 또 이러네…. 이거 먹어보라고, 특히 반반이 맛있다고 몇 번이나 말했잖아."

으음, 내가 그랬던가. 미간을 찌푸려 골똘히 생각해 보지만 그런 대사를 날렸던 기억은 떠오르지 않는다. 하여튼 기억이란 건 참 편리하게 빠져나간다. 내가 우수수 흘리고 빠트린 퍼즐들을 홍이가 다 가지고 있어서 다행이다. 서른을 훌쩍 넘긴 우리는 기숙사 근처 논밭에서 팔리던 빵이 분당 백화점에 입점한 건에 관하여 수다를 떤다. 그리고 우리처럼 나이를 먹은 슈크림 빵을 나눠 먹는다. 한 입 베어 물자 달콤한 내음이 입안 가득 번져왔다. 그래, 맞아. 스무 살이 이런 맛이었지. 눈 깜짝할 사이에 다 녹아버렸지.

눈 깜짝할 사이. 홍이는 딱 두 번밖에 안 만난 남자와 결혼을 했고(그 남자, 보는 눈 있구만), 나는 홍이의 부케를 받아 그다음 달 결혼했으며, 우리는 나이가 비슷한 또래의 아이들을 차례로 낳았다. 그녀의 아이들이 커서 나의 아이들과 손잡고 뛰어놀 때쯤, 우리는 같이 제주도 한 달 살기도 다녀왔다. 나는 우리 부모님 댁에 머물고, 홍이는 그 바로 위층 자기네 부모님 댁에서 머물렀다. 어쩌다 보니 그해에는 그런 신기한 일도 있었더랬다.

"이게 무슨 희한한 인연이여."

바닷가에 나란히 엎드려 그런 말을 주고받는 우리는, 정말 눈 깜짝할 사이 마흔이 되었다. 나이 들었다고 노는 법을 까먹을 수는 없지, 가끔 만나 땀이 나도록 놀아재끼는 다섯 아이를 바라보며 열심히 수다를 떤다. 주차장에서 헤어지기 싫다고 칭얼대는 아이들에게 꼭꼭 약속한다. 우린 어차피 계속 만날 거야. 금방 다시 만날 거야. 다음에는 더 재미있게 놀 거야, 하고.

병원이라고 했잖아요

오후 알바를 새로 구해야 한다.

호텔 와인바는 배고픔을 견디지 못해 그만두었고, 예쁜 파스타 집은 도무지 익숙해지지 않는 손님 응대가 괴로워 그만두었다. 깡다구 좀 있는 애들은 주로 야키니쿠 가게나 피로연 서빙 같은 고액 알바를 하던데. 들어보면 무거운 불판을 하루 종일 씻는다든지, 양손으로 몇십 개씩 쌓인 접시를 나르는 기행(?)을 펼친다고 한다.

나는 한 줌도 안 되는 팔뚝을 이리저리 흔들며 골목을 기웃거렸다. 마침 역 입구에 놓인 동네 신문이 눈에 띈다. 바로 집어 들어 구직 광고면을 펼쳤다. 지역, 업무, 시급, 전화번호와 같은 정보가 칸칸이 나뉘어 오밀조밀 들어차 있었다. 온통 사각형으로 뒤덮인 페이지가 마치 나를 향한 수많은 문처럼 보인다.

어디로 가야 할까. 일은 네 시간 정도가 적당하겠

지? 700엔 이하는 안 돼. 너무 멀면 지속하기가 어렵겠고…. 서비스직은 최대한 피하자.

그때 문득, 880엔짜리 알바에 시선이 꽂혔다.

'병원 배식과 설거지?'

이거다! 화려한 문, 예쁜 문, 다 필요 없어. 880엔짜리 깔끔한 하얀색 문으로 가자.

마음은 그렇게 먹었지만, 머릿속에서는 이미 상상의 나래가 펼쳐지고 있었다. 햇살이 들어오는 조용한 병실. 식판을 두고 환자들과 친절히 인사를 나누는 모습. 으음, 나쁘지 않아.

면접은 바로 잡혔다. 시내로 나가는 길과는 반대쪽으로 들어서며 생각했다. 큰 병원이라는데 왜 도시가 아닌 산에 있을까. 의아해하며 가파른 오르막을 오르길 십여 분.

"어서 와요."

단단해 보이는 중년의 여성분이 나를 맞았다. 바로 업무 내용을 설명할 줄 알았는데, 어쩐지 자꾸만 머뭇거렸다.

"미리 하나 말해야 할 게 있어요. 이제 와 얘기해서 미안하지만…."

미안하지만?

"여긴, 정신병원입니다."

…예? 뭐라고요?

동공에 8도 지진. 이건, 전혀 예상치 못한 전개였다. 커다래진 눈을 끔뻑거리고 선 나에게 그분은 친절히 선택권을 주셨다.

"정신병원이라고 쓰면 아예 연락조차 오질 않아 이렇게 할 수밖에 없었어요. 이런 말 들으면 다들 당황하기도 하고, 충분히 이해하는 바라 거절해도 괜찮습니다."

햇살이 들어오는 병실 어쩌고저쩌고하던 상상에 커다란 X자가 좍좍 그어지는 순간이었다. 문지방을 밟자마자 뒤통수를 맞은 셈이다.

아아, 그럼 그렇지. 시급이 비싼 데는 다 이유가 있는 건데. 고르고 골라 들어온 문이 정신병원이라니. 바짝 말라가는 입술에 침을 바르며 스스로를 원망했다. 동시에 머리도 데굴데굴 굴러갔다. 이 문을 나가면? 다른 문을 열어야 할 텐데, 거기는 안팎이 똑같을까? 아니지, 아니지. 그동안 낯선 문 몇 번 들락날락하며 이미 깨닫지 않았니. 그렇게 안이 훤히 보이는 투명한 유리문은 존재하지 않는다는 걸.

어차피 모든 문을 다 열어볼 수도 없고 그럴 필요도 없다. 내가 상상한 병원의 풍경은 완전히 뒤집혔지만 그 뒤집힌 풍경이 썩 괜찮을지도 모를 일이고. 무엇보다 바로 문을 닫고 나가기엔, 나⋯ 너무 당당하게 들어오지 않았나?

"해보겠습니다."

그래. 일단 열고 들어간 문 안에서 부딪혀 보자.

영 별로면? ⋯그때 나오면 되지 뭐.

생각보다 괜찮은데?

세척실로 직행한 뒤 며칠간은 설거지만 했다. 하얀 가운, 하얀 일회용 부직포 모자와 하얀 일회용 마스크, 거대한 하얀 고무 앞치마에 하얀 고무 장화까지 신고서. 예쁜 것에 집착하는 예술대생에게는 정체성이 흔들리는 과감한 착장이었다.

일은 단순했다. 이쪽에서 식판들을 헹궈 레일에 하나씩 꽂으면, 맞은편에 있는 사람이 식기세척기를 통과한 식판을 차곡차곡 정리하는 식. 2인 1조로 이루어진 단란한 팀이었지만 대화를 나누기는 어려웠다. 세찬 물줄기가 식판을 때리는 소음 속에서는 한마디조차 고함을 질러야 했으니까. 그렇게 두 시간 정도 식판을 꽂거나 빼다 보면, (반강제로) 무아지경의 경지에 오른다. 머릿속이 비면서 희한하게 마음이 편안해지는 것이다.

"단순노동 좋지 않아? 나는 잘 맞는 것 같아."

일전 파스타 집 알바 중, 같이 일하던 친구가 내게

물었다. 재료 손질을 위해 닭가슴살을 잘게 찢던 중이었다. 나는 고개를 갸웃하며 웃었다.

"글쎄… 잘 모르겠어. 난 생각하는 쪽이 더 재미있는 것 같은데."

상반신, 하반신, 초 단위로 몸을 고루 쓰는 지금, 진심으로 그 대답을 정정하고 싶었다.

친구, 자네 말에 적극 동의한다. 닭가슴살 다시 가져오면 나 진짜 잘 찢을 자신 있다….

그러나 편안함도 잠시. 1단계를 갓 클리어한 신입 알바생은 바로 다음 스테이지로 불려 갔다.

"김상, 오늘은 같이 병동 한번 돌아볼까요?"

이런, 대망의 배식 타임이 시작됐다.

내가 의자에 앉아 있었다면 다리를 미친 듯이 떨었을 거다. 다행히 배식은 돌아다녀야 하는 일이므로 다리를 떠는 일은 없었고, 병원 내 마스크 착용이 의무였기 때문에 입술을 물어뜯는 모습도 보일 일이 없었다. 한마디로 일 잘하는 사람처럼 의연한 척할 수 있었다는 말이다.

쿵쿵.

비릿한 소독약과 이질적인 살냄새가 훅 끼쳤다.

썩 유쾌하진 않은 냄새다. 잔뜩 긴장하고 들어선 복
도, 스스로 계속 말을 걸었다. 최대한 눈을 마주치지
말자. 축지법으로 들어갔다 나오자. 그럼 다 괜찮을
거….

"안녕하세요."

다짐을 마치기도 전에 누군가 말을 걸었다. 위아
래로 하얀 옷에 녹차 빛깔 옷깃. 환자분이다.

"안녕하세요."

또 다른 환자분도 꾸벅 허리를 숙이며 지나갔다.
마치 유치원생처럼. 좁은 복도에 붙어 어서 지나가
라는 듯 조심스레 길을 비켜주셨다. 다음 분도, 그다
음 분도.

"어어… 안녕하세요."

나도 모르게 인사를 주고받았다.

식판이 담긴 카트를 간호사님께 넘겨드리는 데까
지 1분. 우물쭈물할 여유 따윈 없다. 다른 병동까지
다 돌려면 시간이 빠듯할 테니. 서둘러 병동을 나오
는데 어쩐지 헛웃음이 나온다. 날숨과 함께 긴장감
도 훅 날아가는 느낌이랄까.

"괜찮지?"

슈퍼 마리오를 닮은 직원분이 유쾌한 미소를 띠

며 돌아본다. 할 만하다는 대답 대신 네, 하고 고개를 끄덕였다. 화물칸에 올라 벽을 탕탕 두드리자 트럭이 다음 병동을 향해 움직였다.

같은 기숙사에 사는 언니가 푸념을 늘어놓은 적이 있다. 여느 때처럼 패스트푸드 아르바이트를 마치고 돌아온 참이었다.

"어서 오세요. 주문 받겠습니다. 이 말을 오늘 몇 번 했는지 모르겠어. 나중에는 손님이 '오늘 날씨가 좋네요' 하고 일부러 인사를 건네줬는데도, 로봇처럼 무표정으로 '어서 오세요, 주문 받겠습니다' 하고 말이 튀어나오더라고. 너무 피곤해서 다른 말을 하고 싶지도 않은 거야."

녹은 모찌처럼 다다미 위에 늘어진 채로 언니가 중얼거렸다. 알바생이 미안해할 체력마저 고갈되어 버렸다는 걸, 대기 줄 n번째 손님은 이해해 주었을까.

빈 식판을 수거하러 가는 길. 고무장화 끝을 내려다보았다. 역시 마음에 들지 않는다. 천둥 같은 식기세척기 소리 때문에 머릿속도 멍했다. 삐걱대는 트럭 화물칸에서 중심을 잡는 건 그다지 가오 사는 모습이 아니다. 그럼에도 불구하고… 나는 이 일이 조금씩 마음에 들기 시작했다.

"안녕하세요."

어눌한 말투의 인사가 어쩐지 인사다워서. 그 인사를 반갑게 받을 수 있을 만큼 적당히 침묵하며 일할 수 있어서.

"안녕하세요."

아까보다 훨씬 가벼워진 카트를 밀며 나도 고개를 꾸벅 숙였다. 똑같은 환자복을 입은 그분들의 손에는, 이제 색색깔의 양치 컵이 들려 있었다.

달달달

저 멀디먼 교토 산골 언덕 위, 정신 병동 배식 알바 한 달 차 김 사니. 슬슬 일이 손에 익어갈 무렵이건만, 사람 대하는 건 도통 쉬워지질 않았다. 달달달…. 몸만 한 배식 카트를 밀고 가던 중, 복도 반대편에서 웬 환자분이 나타났다. 아저씨는 한눈에 보기에도 몹시 불만스러운 표정으로 다가와 내 앞을 척, 가로막았다.

"너무 적어."

"네?"

"감자 반찬! 감자 반찬이 너무 적다고."

"……."

잠시 머리가 멍해졌다. 저는 배식 알바생이니 조리사님께 말씀하셔야 할 듯합니다, 그렇게 말할까 했지만 상대가 이해해 줄지 모르겠다.

"예에…. 전달할게요."

대충 얼버무리고 황급히 자리를 떴다. 그리고 바

로 다음 날.

"감자 반찬 좀 더 만들라고 해!"

그 이튿날.

"감자 반찬이 너무 적잖아!"

"……."

아저씨의 감자 사랑은 멈출 줄 몰랐다. 그래, 도돌
이표처럼 매일 이 복도에서 똑같이 감자를 외칠 거
라면, 나도 그냥 장단을 맞춰드리자. 그에게 감자 반
찬이란, 곤니치와 같은 인사나 마찬가지니까!

"이봐, 감자 반찬 좀…."

"예예."

"감자 반찬…."

"예!"

달달달…. 첫 관문을 통과한 나는 서둘러 다음 병
동으로 향한다.

"숟가락 좀 주세요."

거기에는 반드시 숟가락이 필요한 환자분이 기다
리고 있다. 국그릇째 들고 마시는 일본에서는 좀처
럼 숟가락을 사용하는 일이 없지만, 그 청년만큼은
예외다. 처음에는 숟가락 요청에 당황해서 급히 식

당 층을 뛰어갔다 왔더랬다.

"여기 있습니다."

나는 도라에몽처럼 앞치마 주머니에서 짠하고 숟가락을 꺼내 드린다.

"감사합니다."

꾸벅 목례한 청년이 자리로 돌아가 앉는다. 이번 관문도 통과. 달달달…. 모든 일이 이렇게 순조롭다면 좋겠다. 조금 곤란하다 싶은 일들이 없는 건 아니었지만 그런대로 잘 적응해 나가던 어느 날이었다.

"자, 이제 폐쇄 병동도 돌아봐야지."

무슨 병동이요…?

직원분으로부터 기가 막힌 임무가 떨어졌다. 폐쇄 병동 배식 임무. 잔뜩 겁을 먹은 내게 열쇠 하나를 쥐여주며, 직원분이 해맑게 웃는다.

"걱정하지 마. 다들 똑같은 환자분이라구. 하하하!"

거짓말. 이건 던전으로 향하는 열쇠다. 병원인 줄 알았는데 정신 병동이었고, 배식 업무라 환자 만날 일 없다고 해놓고 매일 만났다. 이제 폐쇄 병동으로 향하는 열쇠까지 받았으니 다음번엔 무슨 장소가 나를 기다리고 있을지 모르는 일 아닌가. 좋아 있는 나를 보고 직원분은 눈치 없이 한 마디를 얹었다.

"괜찮아, 괜찮아. 알바생이 못 가는 병동은 직원
들이 가니까."

그렇구나. 알바생이 못 가는 곳도 있었구나. 하나
도 안 괜찮은 나는 고개를 끄덕이며 엘리베이터로
향한다. 달달달…. 엘리베이터에는 1층부터 5층까
지의 버튼과, 그 아래로 작은 열쇠 구멍이 있었다.
그곳에 열쇠를 넣으면 평소에 눌리지 않는 4층과 5
층을 누를 수 있다. 즉 그곳이 내가 돌아야 할 폐쇄
병동인 것이다.

다른 층과 같은 경쾌한 음이 울리고, 엘리베이터
의 문이 열렸다.

'으음… 뭐지.'

예상과 달리, 직원분의 말은 진짜였다. 폐쇄 병
동이라 증상이 심각하거나 난폭한 환자분들이 있
을 줄 알았는데, 여타 병동과 분위기가 비슷했다. 몇
번 가보니 경각심도 조금씩 느슨해졌다. 어차피 하
는 일이야 배식 카트를 건네고 오면 그만일 뿐, 얼른
내려가서 설거지를 마치고 퇴근하고 싶다는 생각만
간절했다. 그래서였을까. 항시 몸에 가지고 다녀야
하는 열쇠를 그만 엘리베이터에 꽂아놓고 내리는

실수를 저질렀다.

'맞다, 열쇠!!!'

아주 짧은 찰나에 별의별 생각이 다 지나갔다. 설마 그사이에 누군가 엘리베이터를 타고 내려가기라도 했으면 어쩌지. 부리나케 다시 엘리베이터로 달려갔다. 그리고 그곳에는….

"얼른 오세요!"

"저희가 잡고 있었어요!"

두세 명의 환자분들이 엘리베이터 문을 꼭 붙잡고 서 계셨다. 허겁지겁 달려오는 알바생을 위해서.

"감사합니다, 감사합니다!"

연신 고개를 조아렸다. 그리고 열쇠가 얌전히 꽂혀 있는 엘리베이터에 다소 민망한 표정으로 무사히 탑승을 마쳤다. 어쩌면 이렇게들 착하실까. 오해한 것이 못내 죄송하다. 그런 생각을 한 지 한 달도 못 돼, 나는 이렇게 말하게 되었다.

"저어… 5층은 도저히 못 가겠어요…. 그분은 정말… 진짜 너무 무서워요."

직원분께 사정사정을 할 정도로 나는 졸아 있었다. 환자한테 맞은 것도 아니고, 욕을 먹은 것도 아니다. 그분은 나보다도 키가 작고 마른 아저씨였다.

그냥 그 환자분은… 나를 노려봤을 뿐이다. 죽일 듯이 부릅뜬 눈으로. 50센티 간격으로 바싹 뒤를 따라오면서.

'뭐… 뭐야?!'

눈빛에 살기가 어려 있다는 말이 어떤 것인지 그 아저씨를 보고 확실히 알게 되었다. 아무것도 안 하고 졸졸 따라왔을 뿐인데 뒤통수를 가격당할 것만 같은 상상이 든다. 등골에 소름이 쫙 끼쳤다. 몇 번을 그렇게 당하자 엘리베이터 타기가 무서워졌다. 마음씨 좋은 직원 아저씨는 심약한 알바생을 위해 5층은 자기가 직접 가겠다고 나서주셨다. 살았다 싶었다. 엄한 직원분, 마사루 씨한테 걸리기 전까지.

"일 못 하겠으면 그만둬! 여기가 무슨 자기 좋은 것만 골라서 할 수 있는 곳이야?"

마사루 씨는 대체 뭐가 무섭냐며 빨리빨리 따라오라고 큰소리를 치셨다. 눈물 쏙 빠지게 혼이 난 나도 우물쭈물 뒤따라 엘리베이터에 탔다. 달달달……. 틀린 말은 아니다. 못 하겠으면 그만둬야지, 뭐. 잔뜩 풀이 죽은 채로 5층에 다다랐다. 그리고 뒤통수에 살기 광선을 맞은 마사루 씨가 식겁하는 표정을 직관했다.

여러 병동 중 남자와 여자로 나뉜 병동도 있었다. 특히 여자 병동은 비교적 조용한 편이라 염려할 만한 일은 벌어지지 않는다…만.

"이봐요…!"

트럭에 카트를 달달달 밀어 넣는 찰나, 희미한 목소리가 병동에서 들려왔다. 얼른 돌아보니 조그마한 창가에 누군가가 이쪽을 보고 있었다. 얼굴만 겨우 볼 수 있을 정도로 작은 창의 쇠창살 너머에서.

"이봐요, 잠깐 이쪽으로 와봐요."

매가리가 없는 목소리는 정확히 나를 부르고 있었다. 흘긋 직원분을 쳐다보았지만 네가 다녀오라는 눈치다.

'나는 알바생이다. 나는 알바생이다. 이건 일이다. 이건 일이다….'

잔뜩 겁먹은 마음은 포커페이스 뒤에 숨기고 창가를 향해 뚜벅뚜벅 걸어갔다. 가까이서 보니 단발머리를 한 중년의 여성분이었다. 충분히 가까이 온 것 같은데 손짓이 멈추질 않는다. 만에 하나 창살 틈으로 팔이 확 뻗어 나오더라도 귀때기가 안 잡힐 정도의 거리를 유지하자.

"…무슨 일이세요?"

"어어… 그게…."

아까보다 더 희미한 목소리로, 여자분이 나긋나긋 속삭였다.

"잘 먹었어요."

고치소우사마. 나는 말문이 턱 막혔다. 잠시 온갖 상상을 했던 것이 너무나 부끄럽고 미안해졌다.

"별말씀을요."

긴장이 풀어져 웃음이 녹아내리는 것 같다. 뒤돌아 트럭으로 뛰어가니 슈퍼 마리오를 닮은 직원이 물었다.

"뭐래?"

"잘 먹었대요."

아저씨의 입가에도 씩, 웃음이 번진다. 탁탁! 아저씨의 손이 차체를 치자, 트럭이 움직였다. 트럭이 아니라 마차를 탄 기분이다. 그리고 이 마차는, 그릇이 마법처럼 깨끗해지는 샤랄라 설거지 코너로 향하겠지. 만렙이 되어가는 알바생의 막노동을 거쳐서 말이다.

아직 모르는 내일

"언니, 왔어?"

하얀 빵모자에 하얀 마스크, 하얀 앞치마와 하얀 장화를 신은 쫑언니를 향해 내가 인사한다. 언니는 얼마 전부터 이곳에서 아르바이트를 시작하게 되었다. 평범한 병원인 줄 착각하고 온 건 아니다. 새로운 알바 자리를 구하는 언니에게 내가 직접 소개해 줬으니까. 언니도 나처럼 세척 레일에 식판을 꽂고, 배식 카트를 밀며 병동을 돌았다. 뒷마당에서 같이 우유 박스를 깔고 앉아 딸기잼 바른 식빵과 치즈봉을 먹기도 했다. 흔치 않은 정신 병동 세계에 대해 공감할 사람이 생겨서 기뻤다.

이처럼 알바생은 대부분 우리 학교 학생들이다. 나처럼 일반 병원인 줄 알고 속아서 왔다가 눌러앉은 일본인 남자애들이 많았는데, 매일 마주쳐도 친해질 기회가 없었다. 식판을 씻을 때는 물소리 때문에 아무것도 안 들리고, 배식할 때는 각자 병동을 돌아다니느라 바빠서 농담할 틈조차 없었으니까. 모여 있는 시간이라고는 주방에서 당근이나 마 껍질을 벗길 때뿐이었다.

"너희 무슨 혈액형이냐?"

수준 높은 아이스 브레이킹이 시작되었다.

"나 B형."

내 대답에 짧은 턱수염의 남자애가 반색했다.

"오오, 나도 B형! 근데 우리 가족 다 B형이다?"

"진짜? 신기하네."

"신기하지. 대화가 안 된다니까? 가족들이 모였는데 다 지 얘기밖에 안 해. 아무도 듣질 않아."

열심히 당근 껍질을 깎던 우리는 흐흐흐 실없이 웃음을 터뜨린다. 이번엔 피부가 유독 불그스레한 남자애가 씩 웃으며 주변을 둘러보았다.

"나 무슨 혈액형 같아? 한 번 맞춰…."

"AB형."

"어, 어, 어떻게 알아?! 어떻게 한 번에 맞추지?!"

나의 찍기 신공에 놀란 남자애가 빽 소리를 질렀다. 얼굴이 세 배는 더 시뻘게졌다. 그래, 이런 믿거나 말거나 잡담이라도 떠들다 보면 시간이 빨리 가는 법이다. 그러나 간만의 시시덕거림에도 유독 말이 없는 친구가 있었다. 나는 희멀건 얼굴의 사토를 올려다보았다. 멀대같이 큰 키에 반쯤 감긴 눈. 어째 웃는 것마저 피곤해 보이는 그 애는 조용조용 일만 했다. 그런데 어느 날, 사토가 나와 쫑언니에게 먼저 말을 걸어왔다.

"유학 생활 힘들지 않아?"

"어떻게 한국에서 여기까지 오게 된 거야?"

"이 아르바이트는 어떻게 알았어?"

혈액형보다는 조금 더 진솔한 얘기들이 나왔다. 사토는 흥미로운지 지루한지 도통 모르겠는 얼굴로 간간이 고개를 끄덕이거나 희미하게 웃었다. 그리고 이렇게 중얼거렸다.

"학비 감당하기 너무 힘들지 않아? 80만 엔 정말 너무 비싸다고."

우리는 화들짝 놀랐다.

"80만 엔? 왜 80만 엔이야?"

조심스레 되묻는 우리를, 사토가 벙찐 얼굴로 마주 보았다. 우리는 곧 유학생들에게만 학비가 50% 감면된다는 사실을 기억해 냈다. 학비에 관한 이야기를 일본 친구와 나눌 일이 없어 까맣게 잊고 있던 것이다(현재는 유학생 감면 제도가 없어진 것 같다). 사토는 허탈한 얼굴이 되었다.

"좋겠다… 유학생은 40만 엔이어서…."

"……."

어째서 유학생이 자국민보다 큰 혜택을 받는지는 우리도 모를 일이었다. 그렇다고 넉넉하게 생활하는 것도 아닌데, 괜히 마음이 숙연해지고 만다. 대화는 곧 밀어닥친 설거짓거리로 인해 중단되었다. 고막을 뚫을 듯한 물소리와 함께 식판을 꽂고, 빼고, 쌓는다. 끝없이 돌아가는 레일의 끝과 끝에 서서 시간당 880엔어치의 일을 해낸다. 허리가 부러질 듯한 밥솥 씻기와 대량의 설거지를 다 마친 뒤. 우리 셋은 별이 총총한 하늘을 보며 각자의 행선지로 흩어졌다.

"수고했어."

"잘 가."

"내일 봐."

어둠이 내려앉은 귀갓길. 사토는 무슨 생각을 했을까. 오른쪽, 왼쪽, 끊임없이 자전거 페달을 밟는 것이 버겁다고 생각했을까. 제자리에 콱 박혀 돌아가는 체인처럼 가슴이 답답했을까. 아니면 벗어 던진 빵모자와 고무장화 자리가 조금은 시원하다고 느꼈을까. 무슨 생각을 했든 사토는 당장 배가 고팠다. 그는 병원 언덕 바로 밑에 자리한 편의점 앞에 자전거를 세웠다. 그리고 좁은 도로변까지 환히 밝히고 있는 유리문을 밀고 들어갔다. 저렴한 야식으로 저녁 식사를 때울 요량이었다. 늘 그렇듯 카운터에 라면 하나를 올려놓았을 때.

"210엔입니다."

"어… 어라?!"

사토의 눈이 흠칫 커졌다. 계산대 너머 세븐일레븐 앞치마를 두르고 있는 알바생은, 10분 전까지 함께 일하고 헤어졌던 쫑언니였으니까.

"대체 언제 여기로 온 거야? 하고 막 웃는 거 있지."

그날 밤 있었던 일을 얘기하며 쫑언니는 웃었다. 얘기를 듣는 나도 덩달아 웃었다. 사실 웃는 게 웃는 게 아니다. 사토도, 쫑언니도, 나도. 학교 한번 다니기가 왜 이렇게 어렵고 고된 걸까. 이렇게 몸과 시간을 다 던져 넣어서 겨우겨우 졸업이란 산을 넘으면, 우리는 뭐가 되는 걸까.

"아아… 내년에 나는 어디서 뭐 하고 살고 있으려나. 밥은 먹고 있을는지 걱정이다."

졸업을 앞둔 친구는 그렇게 푸념했다. 나는 심드렁히 대답했다.

"걱정하지 마, 원래 다 모르는 거야. 나도 내가 교토 어느 언덕 위에 있는 정신병원에서 당근 껍질 깎고 있을 줄은 몰랐다고."

다행히 친구는 폭소를 터뜨렸다. 너도 내년에는 정신병원에서 당근 껍질 깎게 될지 모른다는 악담으로 받았으면 큰일이었을 텐데. 따지고 보면 정말 그렇다. 어느 누가 자신의 1년 뒤를 확신하겠는가? 내년에 내가 어디에서 누구와 무얼 하고 있을지는 아무도 모르는 일이다. 그 내일을 몰라 걱정도 하지만 모르기 때문에 기대도 한다. 힘겹게 가는 길에 그다지 유쾌하지 않은 풍경을 만날지라도, 좋은 사람들과 함께라면 조금은 즐거운 추억이 될 수 있을 테니까.

운수 좋은 날

'교토'라는 단어를 들을 때면 내 머릿속에는 기요미즈데라가 아닌 커다란 논밭이 떠오른다. 유학생 기숙사 바로 앞에 자리 잡고 있었던 커다란 논밭. 현관에서 고작 두어 걸음 떨어진 거리의 그 논밭 덕분에 밤만 되면 마치 개구리가 침대맡에서 우는 듯 시끄럽기도 했다. 나는 2층 복도 끝에 난 창문으로 그곳을 내려다보길 좋아했다. 창문이 공용 세면대와 붙어 있어서 양치질 시간은 곧 힐링 타임이었다. 특히 이른 봄, 새파란 하늘에 거대한 뭉게구름이 아이스크림처럼 꽉꽉 차오른 날이면 창문 닫을 줄을 몰랐다. 사각 논에 잠긴 물이 하늘을 거울처럼 비추었기 때문이다. 발목까지 오는 수면은 바다처럼 푸르고, 고래만 한 뭉게구름이 그사이를 느릿느릿 유영한다. 하늘에다 콕콕 모를 심어놓은 듯한 그 오묘한 풍경은, 고작 양치하며 보기에 송구스러울 만큼 아름다웠다. 그런데 그 아름답던 논밭 앞에 앉아 엉엉 울게 되는 날이 올 줄이야.

　나는 처음이자 마지막으로 쫑언니와 크게 싸웠다. 이유는 잘 기억나지 않지만, 서로에게 솔직하지 못해 쌓인 오해가 터졌던 것 같다. 우리의 얼굴은 벌게지고 언성은 높아졌다. 진정한 후에 다시 얘기하자, 말하고 돌아섰지만 언니는 더 이상 대화를 미루고 싶지 않다며 내 방에서 나가지 않았다. 결국 울음이 터진 내가 뛰쳐나오고서야 상황이 종료되었다. 이제 막 사회에 발을 디딘 스무 살의 감정이란 참 모나고 불안한 것이었다. 부스럭거리는 소리까지 다 들리는 좁은 공간에서 먹고 자고 공부하고 대화를 하다 보면 언제든 일어날 수 있는, 그러나 조금만 더 따뜻하게 서로를 알아나갔다면 피할 수도 있었던 일이 벌어지고 말았다.

　엉엉 울다 눈물을 닦았다. 현관 앞 계단에 쭈그리고 앉아 바람 소리에 가만히 귀를 기울인다. 30분쯤 지났을까. 뒤집어졌던 마음이 어느 정도 가라앉은 뒤, 나는 멍하니 밤하늘을 올려다보았다. 나름 시골이라고 별이 총총하다. 언제쯤 들어가야 언니를 안 마주칠 수 있을까. 발가락을 꼼지락꼼지락. 고개를 젖히고 하늘만 바라보고 있던 그때.

"어…?!"

모래알만 한 빛 한 줄기가 까만 허공을 가로지르며 사라졌다. 방금까지 슬픔에 잠겨 있었다는 사실도 잊고 심장이 멋대로 두근댔다.

"어어! 또 떨어졌어!"

두 번째 별똥별이 지나갔다. 눈을 휘둥그렇게 뜨고 하늘에 완전히 시선을 고정했다. 세 번, 네 번, 다섯 번…. 별똥별이 이렇게 연달아 떨어지다니. 이건 유성우가 틀림없다. 어쩌면 오늘 밤 유성우를 관측할 수 있는 날이라고 예고되어 있었을지도 모른다. 지금 당장 주방에 들어가 TV를 켜고 뉴스를 확인하고 싶지만, 그러기에는 아까 너무 화려하게 퇴장해 버렸다.

'좀 덜 싸웠으면 좋았을 텐데….'

씁쓸한 속을 달래며 다시 소리 없이 쏟아지는 유성을 바라보았다. 열 개가 넘어가자 세는 것도 그만두었다. 그날은 용자리 유성우가 폭발적으로 떨어지던 해로, 1988년 이후 17년 만에 찾아온 최대 관측일이었다. 싸우고 뛰쳐나온 것은 안타까운 일이지만, 희한한 타이밍에 찾아와 준 유성우 덕분에 내게 그날의 싸움은 상처로 자리 잡지 않았다. 물론 나중에 먼저 다가와, 자기도 이러저러하게 잘못했다며 말을 걸어준 언니의 배려가 가장 큰 이유일 것이다.

가을 추수를 끝낸 논밭은 황량해졌다. 뭉텅 잘린 벼 뿌리가 줄줄이 늘어서 있는 광경은 사뭇 을씨년 스럽기까지 했다. 사람들의 시선도 자연스레 다른 곳을 향한다. 그렇게 한겨울이 되어 눈이 쌓이고 녹고 반복하는 동안 논밭은 완전히 관심 밖으로 사라진다. 나 역시 볼거리가 없어진 그곳은 관심도 두지 않은 채, 옆방 친구의 생일을 준비하고 있었다. 그날은 저녁 시간에 맞춰 열 명 남짓한 사람들이 한 방에 모였다. 미처 생일 케이크를 준비하지 못한 관계로, 나와 건넛방 동생이 부랴부랴 마트에 다녀오겠다며 밖을 나섰다. 해가 일찍 떨어지는 계절이라 그런지 초저녁인데도 한밤중처럼 어두웠다. 그날따라 왜 이리 골목에 차들이 많은지. 애매한 너비의 도로에서 양방향으로 오가는 차들을 피해 자전거를 몰기란 여간 어려운 일이 아니었다. 반대편에서 오는 헤드라이트 불빛이 꼭 이쪽을 덮칠 것만 같았다. 최대한 바깥쪽으로 비켜 가야겠다고 생각하며 핸들을 꺾는 순간.

"어어… 억!!!"

정면에 보이던 헤드라이트 불빛이 시야에서 훅 사라졌다. 그리고 내 몸은 순식간에 허공에 내던져졌다. 어디까지가 도로인지 보지 못하고 그만 도로변 밖으로 이탈한 것이다. 그리고 하필 그곳은 키보다 높은 낭떠러지였다. 찰나의 순간이지만, 자전거와 함께 몸이 옆으로 기우는 것이 느껴졌다.

'난 죽었다.'

사방이 캄캄한 어둠 속에 떨어지며 속으로 그렇게 중얼거렸다. 곧 팔다리와 엉덩이, 뼈가 부서지는 고통이 온몸을 강타할 것이다. 끔찍한 몇 초가 지나고, 내 팔과 다리는 드디어 지면과 충돌했다. 그런데 그 땅이… 생각보다… 폭신하다?

"으아! 할렐루야!!!"

두툼한 흙 속에 반쯤 묻혀있던 내가 용수철처럼 튀어 오르며 외쳤다. 거의 반사적인 속도였다. 뒤따라오던 동생은 괜찮냐 묻기도 전에 벌떡 일어난 나를 보고 안심한 듯 크게 웃어 젖혔다. 그곳-캄캄해서 아무것도 보이지 않던 도로변 절벽 아래-에는 커다란 논밭이 있었다. 한겨울 땅이 얼 것을 대비해 미리 흙을 깊게 갈아엎어 둔, 그래서 웬만한 매트리스

보다 훨씬 푹신한 논밭이 말이다. 내 몸은 절반이 흙 투성이가 되었다는 것 외에 아무런 상처도 없었다. 그런 건 죽다 살아난 기쁨에 비할 바가 못 된다. 돌아오는 길, 우리가 얼마나 배꼽을 잡고 웃었던지.

"사니야… 너 몰골이 왜 이래?"

방문을 열자마자 나를 보고 깜짝 놀라던 사람들의 표정이 아직도 잊히지가 않는다. 흙밭에서 살아돌아온 이야기에 다 같이 깔깔거리던 웃음소리도, 생일 축하합니다 목청껏 불러주던 노랫소리도 여전히 귓가에 생생하게 남아 있다.

뜻밖의 실수는 때때로 먼 훗날 재미있는 추억으로 기억되는 것 같다. 예능만 봐도 그렇다. 40대가 된 일본 초대 아이돌이 토크쇼에 나와 본인의 가장 창피했던 실수를 얘기한 적이 있다. 그는 생방송 음악 프로그램에서 엄마가 보내주신 집밥을 한 입 먹은 뒤, '아무 사고 없이 건강하게 지낼 테니 걱정하지 마세요, 어머니!'라고 영상편지를 보낸 직후 무대에서 텀블링을 하다 무릎을 다쳐 그대로 구급차에 실려 갔다. 당시에는 웃기 힘든 이야기였겠지만 지금은 패널들과 함께 깔깔거리며 그때를 회상한다. 또 어떤 예능에서는 그해 가장 웃겼던 시민 인터뷰로 '삼나무 할아버지'가 뽑혔다. 인터뷰 내내 양쪽 콧구멍을 휴지로 틀어막고 있는 할아버지였는데, 그걸 이상하게 본 PD가 물었다.

"왜 양쪽 콧구멍을 휴지로 막고 계시는 거예요?"

"어어… 자꾸 콧물이 나."

"삼나무 화분 알레르기인가요?"

"그렇지."

"그러고 보니 산 전체가 삼나무네요. 이건 누가 이렇게 심었을까요?"

"내가 심었지."

"………자업자득이네요."

"…그렇지."

이 짧은 대화로 콧구멍 할아버지는 연말 프로그램에서 1등 상을 탔고, 그걸 축하하기 위해 제작진들이 다시 할아버지를 찾았다. 할아버지는 마당 가득 쌓인 눈을 쓸고 계셨다. 그리고… 여전히 콧구멍을 휴지로 막고 있었다.

"아니… 할아버지, 화분증 계절도 아닌데 왜 콧구멍을 막고 계세요?"

"자꾸 콧물이 나."

"왜요?"

"…추워서."

그리하여 1년 내내 콧구멍을 휴지로 막고 살아가야 하는 할아버지의 슬픈 사연은 다시 한번 큰 웃음을 주었다. 그래도 몇십 명의 시민을 제치고 당당히 1위를 하셨으니, 나름 행복하셨으리라 생각한다.

한 치 앞을 몰라 엉망이 되었어도 행복할 수 있는 인생사, 참으로 새옹지마다.

물건의 페르소나

그날 밤 집에 돌아오는 길은 아찔했다. 자전거 안장에서 엉덩이를 떼고 달린 적이 종종 있긴 해도, 이렇게 처음부터 끝까지 일어나서 타본 적은 없었다. 하나, 둘! 하나, 둘! 열심히 자전거 페달을 밟으며 나는 속으로 외쳐댔다.

'앉으면 X된다! 앉으면 X된다!'

말 그대로다. 내 자전거에는 안장이 없는 상태였다. 어떤 손버릇 나쁜 놈이 안장만 쏙 훔쳐 가버렸기 때문이었다. 그러니까 혹여나 딴생각하다가 엉덩이를 내리는 순간, 지옥을 맛보게 될 수도 있다는 말이었다.

"나쁜 놈, 똥침이나 맞아라!"

그래도 안장만 훔쳐 갔으니 망정이지. 만약 자전거를 통째로 도둑맞았다면 교토에 있는 모든 자전거 가게를 돌아다녀서라도 똑같은 디자인의 똑같은 갈색 자전거를 찾아내고야 말았을 것이다. 내 자전거에 대한 사랑은 진심이었다. 요 녀석은 낯선 땅에서 매일 나와 함께 시간을 보낸 친구였고, 몇 시간이 걸리든 내가 가고자 하는 곳으로 데려다주고야 마는 기특한 애마였다. 사람들을 떠나 조용한 호숫가에 머물며 상념에 빠질 때도 이 갈색 자전거만은 늘 함께였다. 나는 내 자전거의 체인이 헐거워 빠질 때면 곧바로 능숙하게 끼울 줄 알았다. 자전거가 몇백 대 세워져 있든 금세 나의 자전거를 찾아낼 수도 있었다.

한 사람이 오랜 시간 사용한 물건에는 그 사람의 페르소나가 깃든다. 그것은 스스로도 모르는 사이 매일 겹겹이 쌓인 애정이다. 처음에는 알 수 없지만, 시간이 지나면 누구나 그 물건을 보는 순간 그 사람을 떠올리게 되는 것이다. 이것은 '집착'과는 조금 다르다. 애착 인형이나 애착 이불처럼, 나도 타지에서의 불안을 달래기 위해 만들어 낸 습관들이 있었다. 가령, 등하굣길마다 반드시 자동차 쇼윈도에 전시된 눈사람 모형을 봐야 기분이 좋아진다든지, 바람이 다 빠진 풍선임에도 불구하고 침대맡에서 치우질 못한다든지 하는 묘한 습관 말이다. 지금 생각해 보면 그건 다소 병적인 집착에 가까웠다. 그러니까 내가 말하고자 하는 페르소나는, '지문'과도 같은 것이다.

"사니야, 그거 있잖아, 그거…."

어느 날 뜬금없이 같은 과 친구가 내 바지를 가리켰다.

"응? 뭐… 내 바지?"

"응. 그거랑 네 신발."

바지랑 신발에 뭐가 묻었나 싶어 열심히 두리번대는데, 친구가 말했다.

"그거 좋아 보여."

"……좋아 보인다고?"

"응. 뭔가… 설명하기는 힘든데, 좋아 보여. 그냥 그게 너 같아. 현관에 신발이 막 섞여 있어도 그 신발 보면 바로 네가 온 줄 알겠어."

평소 별로 대화도 나눈 적 없던 친구였다. 앞뒤 없는 말이지만 표정은 분명 칭찬이라, 나는 머뭇머뭇 고맙다고 대답했다. 하도 입고 다녀 살가죽이 될 지경인 바지와 다 해어진 신발이 좋아 보인다니…. 그때는 그 말이 바로 이해가 되지 않았지만, 두고두고 마음 한쪽에 남았다.

3학년 2학기, 나는 교환 유학 프로그램으로 잠시 미국에 다녀오게 되었다. 출발 전날, 친구들이 돈을 모아 산 선물이라며 상자 하나를 내밀었다. 하얀색 캔버스 단화였다. 새로운 곳 새 신발 신고 잘 다녀오라는 뜻이란다. 생각지도 못한 선물과 마음 씀씀이에 고마움을 넘어 어떤 뭉클함마저 느껴졌다. 출발 당일, 늘 신고 다니던 갈색 단화는 다다미방에 벗어둔 채 하얀 새 신발을 신고 공항을 향했다. 친구들의 응원과 애정이 담긴 그 신발을, 나는 샌프란시스코에서 내내 신고 다녔다. 그러나 그것이 누구에게나 좋아 보인 건 아니었던 모양이다.

　　"누나, 신발 좀 사. 어떻게 맨날 똑같은 것만 신냐."

　　같은 기숙사라 친하게 지내던 동생이 핀잔을 줬다. 신발도 그렇고 옷도 좀 다양하게 바꿔 입으란다. 흰색 신발을 매일 신다 보니 3개월 만에 때가 많이 타긴 했다. 순간 조금 창피하다는 생각이 들었지만, 곧바로 이렇게 대꾸해 주었다.

　　"그래. 그럼 나 일본 돌아갈 때 네가 택배비 내줄 거지?"

　　4개월만 있다 돌아가는데 짐을 어떻게 늘리니. 내

가 미국에 사는 너랑 같니. 나도 일본에서는 커다란 옷장을 가지고 있단다. 그렇게 말하자, 그제야 그는 '맞네'라는 표정이 되어 고개를 끄덕였다. 납득이 가는 설명이었나 보다. 하지만 내가 최소한의 옷과 신발을 걸치고 있는 이유는, 그냥 '그게 좋아서'였다. '교토'를 떠올리면 짙은 청바지에 갈색 단화를 신은 내 모습이 연상되는 것처럼, '샌프란시스코'에서는 회색 후드에 하얀 단화를 신은 나로 기억하고 싶은 거다. 20년이 지난 지금도 나는 그때의 내 모습을 생생하게 기억할 수 있다. 그리고 그 모습은 아주 마음에 든다.

그때는 나를 닮은 물건을 찾아내는 게 그리 어렵지 않았다. 2평 기숙사 단칸방에 살면 누구나 그럴 것이다. 작디작은 공간에 최소한의 물건만 두어야 한다면, 무언가를 사기 전 치열하게 고민하는 과정을 거칠 테니까. 하지만 가족이 늘고 집이 커져 어느덧 2평이 20평이 되면 얘기가 달라진다. 취향이 다른 사람과 갑자기 한 공간에 살게 되었는데, 새로운 생명까지 태어나 눈 깜짝할 사이 자란다. 내 평생 이런 걸 실물로 보다니 싶은 물건으로 집이 가득 찼다가, 다음 해에는 또 다른 신문물로 가득 찬다. 물론 생명이 자라는 과정을 경험하는 것은 그 자체로 아름답고 경이로운 일이다. 다만 아차 하는 순간 내가 누구인지 잊고 만다. 나 역시 몰라보게 자라나는 중이기 때문이다.

나는 더 이상 진한 청바지와 갈색 단화를 원하지 않는다. 회색 후드나 하얀 단화도 예전에 충분히 입고 돌아다녔다. 마흔이 다 된 만큼 비싼 옷을 걸쳐야겠다는 뜻은 아니다. 그렇다고 배에 걸린 헐렁한 고무줄 바지로 만족하지도 않는다. 그저 내 영혼을 닮은 물건들을 찾기 위해 필요한 만큼 시간과 주의를 기울이고 싶어졌다. 구두와 단화를 신던 발바닥은 이제 폭신한 깔창을 원한다. U자 핀을 스무 개씩 꽂던 머리도 지금은 하나로 질끈 묶는 것이 더 편하다. 단순하면서도 예쁜 영혼의 핀, 어디 없을까?

나는 잡다한 생활품으로 가득 채워진 집을 둘러보며 생각에 잠긴다. 단칸방에 살 때는 분명했던 것들을 조금 더 애써서 찾아본다. 집 평수가 늘수록 상실감이 커지는 이유는 바로 저 물건들 때문이리라.

"좋아 보여. 그냥 그게 너 같아."

친구의 말이 다시 마음 안에 불쑥 떠오른다. 분신. 그렇게까지 부를 수 있는 것들을 되찾고 싶다. 아마 오래 걸리지는 않을 것이다. 옷장과 찬장과 책장 속에 수많은 물건이 산처럼 쌓여 있어도, 나는 기어코 '내 것'을 찾아낼 수 있을 테다. 매일 손에서 놓지 않았던 그날의 땡땡이 컵처럼, 손바닥 온도와 땀 냄새가 밴 자전거 손잡이처럼. 오래오래 애정할 몇몇의 물건들을 반드시 알아볼 수 있을 거다. 아무래도 괜찮은 것들로 채워 놓았던 공간을 비우다 보면, 아무래도 괜찮은 것들로 채워졌던 마음도 천천히 비워지겠지. 그러면 어느샌가 진심으로 사랑하는 것이 시야에 분명히 보이고, 내 영혼은 홀가분한 마음으로 그 작은 것들을 누리고 즐기게 될 것이다. 그것이 물건이든, 장소든, 영원히 사랑할 누군가이든.

미슐랭 말고 미(味)슐렁

탱글탱글 물오른 살. 윤기가 좌르르, 어쩜 이렇게 빠알갛고 빛이 날까. 나는 동그란 밥그릇을 따라 가지런히 펼쳐진 참치회를 바라보며 군침을 흘렸다. 매일 먹어도 질리지 않는 이 참치회 덮밥은 고작 500엔. 학교 바로 옆에 있는 부속 식당이라 가격마저 착하다. 요즘은 가게에 들어가기 전에 구글에서 별점부터 검색한다지만, 당시에는 그런 시스템이 없어 입소문에만 의존해야 했다. 그 식당은 원래부터 가라아게로 유명한 곳이다. 그러나 이 은혜로운 참치회 덮밥은 누구의 추천도 없이 그냥 내가 끌리는 대로 시켜 본 메뉴였다. 도무지 믿기지 않는 그 첫입에, 속으로 잭팟이로구나, 외치며 매주 2번 이상 먹어주겠다 다짐했던 것이 기억난다.

10년이 지난 어느 날 남편과 함께 다시 그곳을 찾았다. 세상에, 참치회 덮밥이 아직도 있었다! 가격이 750엔으로 올랐지만, 충분히 납득할 수 있을 만큼 여전히 훌륭한 맛이었다. 기왕 이렇게 된 김에 내가 좋아하던 빵집도 가보자며 자전거를 몰았다. 그 빵집은 마치 성냥팔이 소녀가 들여다봤을 법한 아름다운 유리창 너머에 있었다. 두꺼운 나무가 격자로 짜인 그 창에서는 눈이 오나 비가 오나 늘 따스한 노란 불빛이 새어 나왔다. 작은 공간 안에 온갖 빵과 반짝거리는 과일 타르트가 수북이 진열되어 있고, 커다란 밀가루 포대와 라탄 바구니는 꼭 유럽의 어느 거리를 떠올리게 했다. 어쩌다 여윳돈이 생기면 나는 드디어 꿈을 이룬 성냥팔이 소녀가 되어 빵집의 문을 열고 들어간다. 손바닥만 한 타르트 한 개를 사 들고 나오는 때야말로 세상을 가진 듯 전율이 이는 순간인 것이다! 하지만….

"여기에 진짜 예쁘고 맛있는 빵집 있었는데…."

신랑과 함께 열심히 자전거를 달려 도착한 상점 앞에서, 나는 어깨를 축 늘어뜨렸다. 노란 불빛이 새어 나오던 빵집은 더 이상 그곳에 없었다. 격자무늬로 짜인 나무 창도 모두 철거되었다. 아마 핸드폰 가게 같은, 어디에나 있어 별 인상적이지 않은 가게가 대신 들어와 있었던 것 같다. 성냥팔이 소녀가 핸드폰 가게를 들여다보고 있진 않을 테니, 내 상상도 거기에서 그쳤다.

쓸쓸한 마음을 달래며 다시 발걸음을 돌렸다. 그래도 아직 나의 맛집 리스트가 남아 있었다. 다음 목적지는 학교에서 조금 떨어진 골목의 파스타 가게다. 그곳을 발견한 건 1학년 새내기 때였다. 파스타를 먹어보기도 전부터 그곳은 내 마음을 사로잡았다. 처마와 나무에 매달린 아기자기한 장식들 때문이었다. 가게 앞을 지나기만 해도 기분이 좋아지는 그곳에 어느 날 구인 안내문이 붙었고, 두말할 것 없이 달려가 면접을 보고 일을 시작했다. 늘 눈으로만 보던 아기자기한 장식들을 내 손으로 직접 걸게 된 날, 감격에 겨워 심장이 콩닥콩닥 뛰었다. 심지어 마까나이(종업원에게 제공하는 식사)로 나오는 파스타도 손님들에게 나오는 음식 퀄리티와 똑같았다!

사실 그중에서도 그다지 감흥이 없던 메뉴가 있긴 했다. 바로 '일본풍 명란 파스타'였다. 명란알이 골고루 묻힌 면 위에 얇게 썰린 김과 시소(청소엽)가 올라간, 레몬 한 조각을 곁들여 먹는 파스타다.

도무지 무슨 맛으로 먹는 건지 몰랐지만, 남기면 안 될 것 같아 억지로 먹었다. 불행히도 단가가 저렴한 명란 파스타는 직원 식사로 자주 나왔다. 얻어먹는 입장에서 먼저 메뉴를 고를 수도 없어 그냥 주는 대로 먹었는데, 또 먹다 보니 청소엽의 독특한 향도 그럭저럭 즐길 수 있는 경지에 이르렀다. 그렇게 그곳 주민들이 애정하는 파스타의 맛을 하나씩 익히게 된, 소중한 가게가….

"어… 이상하다. 분명히 여기 가라오케 옆에 있었는데…?!"

없어졌다. 아기자기한 유리 소품들이 걸려 있던, 근처만 가도 파스타 삶는 냄새가 풍기던 나의 오래된 맛집이! 이곳에 오는 내내 명란 파스타와 날치알 토마토 파스타가 얼마나 맛있는지 설명했는데. 열변을 토하던 것이 한순간 무색해져 버렸다. 생각해 보면 내 동생도 비슷한 얘기를 한 적이 있다. 진짜 맛있는 가게가 있어서 친구들을 우르르 데려가면 꼭 폐점되어 있었더라지. 할 수 없이 친구들이 추천한 맛집으로 가서 식사하다 칭찬을 날리려 하면,

"야, 여기 진짜 맛있…."

"닥쳐."

칭찬 금지를 당했다고 했었지. 그곳마저 파괴당할 수는 없다는 친구들의 굳은 의지가 이해가 간다. ……쩝. 그럼 폐점될 집만 골라서 좋아하는 우리 남매 입맛이 이상한 건가. 맛집이라고 갔는데 맛없던 적도 많았으니 정말 그럴지도 모르겠다. 나는 쇼유 라멘(간장 베이스)을 좋아하는데 우리나라는 죄다 돈코츠 라멘(돼지 사골 베이스)밖에 없는 것만 봐도 그렇다. 별 다섯 개에 아무리 소문난 맛집이라도 돈코츠 라멘이면 늘 돈 버렸다는 느낌이 드는 건, 아마 느끼한 음식을 싫어하기 때문일 거다. 그러니 얼마나 많은 사람에게 얼마나 높은 별점을 받았는지보다 그 메뉴가 내 입맛에 맞는지, 내 미각이 그 요리를 좋아하는지가 더 중요한 것 같다.

이 글을 쓰다 문득 참치회 덮밥이 생각나 구글맵을 켰다. 가게를 검색하자 바로 사진이 나온다. 음, 20년이 흘렀어도 외관이 여전하군. 교토는 100년 된 가게도 오래된 곳으로 쳐주지 않으니 당연한 일이다. 별점도 달려 있고 리뷰도 있다. 참치회 덮밥은 얼마나 올랐으려나 흥얼거리며 이것저것 클릭하는데… 엇, 이게 뭐야?

'Permanently closed⋯?'

눈을 의심했다. 문을 닫았다고? 영구적으로? 학교 식당이나 마찬가지였는데, 폐업을 했다는 건가?! 암만 교토라도 요즘 시대 20년 버티기는 힘든 일인가 보다. ⋯아아. 어슬렁어슬렁 걸어갈 수 있는 거리의 맛집이 또 하나 파괴되었다. 내 입맛에는 별점 10점을 줘도 모자랐건만! 또르르 흐르는 눈물을 닦아내며 나는 다시 검색창을 열었다.

"청소엽⋯."

별수 없다. 가게들이 사라졌다면, 지금 내가 할 수 있는 것을 해보는 수밖에.

청소엽 씨앗을 샀다. 명란 파스타를 아주 제대로 구현하기 위한 특단의 조치다. 국내 마트에서는 살 수 없을뿐더러, 온라인으로 사면 배송비가 3,000원씩 붙으니 자주 먹으려면 그냥 마당에서 키우는 게 나을 것이다. 작년과 재작년 모두 생각만 하다 시기를 놓쳤지만 올해는 다르다. 4월 파종에 맞춰 정성스레 흙을 고르고 씨앗을 심었다. 몇 주 지나자 개미엉덩이만 한 떡잎 두 개가 뾱뾱 올라왔다. 성공이다. 열 개 남짓한 씨앗들이 앞다투어 물을 마시며 쑥쑥 자라나기 시작하더니, 6월에는 손바닥보다 작은 이 파리를 펼쳐 보였다. 그리고 드디어 대망의 7월. 나는 커다란 명란젓 한 통과 레몬 한 봉지를 샀다. 깻잎처럼 무성한 청소엽의 이파리 열 장도 툭툭 끊어 왔다.

레시피는 간단하다. 녹인 버터 한 숟갈, 가다랑어 포 장국 네다섯 숟갈(몇 배 농축인지에 따라 조절 필요), 간장 두세 숟갈, 얇은 막을 벗겨낸 명란알 한 두 덩이를 약간의 물과 함께 섞는다(명란알을 물에 풀어놔야 뜨거운 면과 버무리기 편하고 먹기도 좋다). 소스와 면을 버무린 뒤, 얇게 썬 청소엽과 김을 올리면 끝. 레몬즙을 넣는 것과 안 넣은 것은 맛이 천지 차이니 개인적으로 꼭 한 조각 곁들이길 권한다. 기름에 튀기듯 구운 편마늘을 올려도 좋지만 이건 내가 개인적으로 추가한 거라 없어도 상관없다.

집념의 요리사가 된 과정이 다소 슬프긴 했지만… 어쨌든, 이렇게 먹은 파스타의 맛은 어땠는가 하면.

"하……. 진짜 대박."

한마디로, 별난 미각에 맺혔던 응어리가 풀렸다고 할 수 있겠다. 내년에도 모래알만 한 씨앗을 심을 충분한 가치가 있는, 진한 추억에 겨운 맛이었다. 이제 한도 풀었으니, 새로운 나의 미슐렝 쓰리스타 가게를 찾아봐야겠다. 적당한 가격으로 누구나 갈 수 있지만 오랫동안 줄을 서지 않아도 괜찮은, 어슬렁어슬렁 편하게 들러 '음, 이 맛이야!' 외칠 수 있는 나만의 맛있는 가게를.

여름 집에서는 골풀 향기가 났다

'3조 플러스 부엌 1.5조. 욕실 없음. 방음이라고는 제로에 전부 자취생.'

「허니와 클로버」 만화책에 나오는 첫 나레이션이다. 만화책 첫 장부터 가슴 한구석이 아련해진다. 나 역시 일본에서 4.5조 넓이의 기숙사와 4.5조 자취방에만 살았기 때문이다.

'1조'는 다다미 한 장의 크기다. 다다미 두 장이 1평 너비에 가까우니, 4.5조면 고시원보다 약간 큰 사이즈라 볼 수 있겠다. 그러니 그 안에서 생활하는 자취생들의 주머니 사이즈도 다다미 네 장 반만큼이나 넉넉하지 못했다. 우리들은 졸업생과 귀국생, 교환 유학생의 물건을 차례차례 물려받으며 몇 년 전 어떤 학생이 누웠을 침대에 눕고 또 다른 학생이 앉았을 의자에 앉았다. 그런 걸 초라해하는 사람은 아무도 없었다. 당연하게 물려받고 당연하게 물려주며 서로 고마워했다.

그렇다 하더라도 똑같은 인테리어가 나오는 법은 없었다. 책장에 책상, 의자, 침대까지 싹 다 한 선배에게 물려받은 나의 방도 그 선배의 방과는 전혀 다른 모습이었으니까. 다닥다닥 붙어 있는 방음 제로의 4.5조는 주인에 따라 전혀 다른 차원을 만들어 냈다. 앞방 문을 열면 천 조각이 널린 바닥 가운데 재봉틀이 다다다 돌아가고, 옆방 문을 열면 형형한 보랏빛 커튼에 양초가 타오른다. 예술대생 기숙사 안에서 '똑같다'라는 단어는 용납하지 않는 법칙이라도 있는 것 같았다. 오직 그 방과 이 방의 같은 점이라고는, 커다란 오시이레(전통 붙박이장)와 낡아빠진 다다미뿐이었다.

교토의 변두리 마을은 죄다 오래된 목조 건물이었다. 그중에서도 오래되다 못해 곧 쓰러질 것 같은 건물이 내가 살던 기숙사다. 그 오래된 건물의 오래된 마루를 지나 오래된 방으로 들어가면, 오래된 다다미가 있었다. 군데군데 해어지고 끊어져 거스러미가 일어난, 녹차색은 다 빠지고 누렇게 빛바랜 넉장 반의 다다미가.

바랜 색만큼 바래진 향기가 살갗에 달라붙는다. 아직 그렇게 성숙하지 못한 스무 살 초반의 나에게는 조금 부담스러운 향기다. 골풀. 왕골과는 다른, 포근하기도 녹진하기도 한… 경건해질 만큼 차분한 향기랄까. 다다미는 여름 습기를 빨아들이며 더욱 진한 향기를 내뿜는다. 아마 일 년이 지나면 가구에도, 이불에도 다다미의 향이 스밀 테지만 괜찮다. 코는 적응이 빠르니까.

옆방에서 언니들과 같이 저녁밥을 먹었다. 과자도 먹고 과일도 먹고 수다도 한참 떨다가 그대로 잠이 들었다. 아침이 되어 기지개를 켜다 그만 물컵을 넘어뜨리고 말았다. 다다미 위로 물이 번진다. 언니는 괜찮다고 했다. 이미 엎지른 물을 서둘러 수건으로 꾹꾹 눌러 닦았지만 기분이 찝찝했다.

몇 개월 뒤, 몇몇 사람들이 어딘가에서 장판을 구해왔다. 장판은 훌륭하게 방수 역할을 해내 주었다. 청소도 간편해서 위생적이고, 거스러미에 찔리는 일도 없었다. 당연히 나도 장판을 깔았다. 그러나 문제가 다 해결된 것은 아니었다.

"너도 물렸냐?"

"어, 이거 봐. 딱 두 개 보이지?"

"어우, 징그러워."

낡은 다다미 속 진드기들은 박멸이 어려웠다. 약국에서 진드기와 벼룩을 퇴치하는 약을 팔긴 했다. 뾰족한 침을 다다미에 쑤셔 넣고 버튼을 누르면 침 끝에서 약이 분사되는, 희한하게 생긴 스프레이다. 몇 개월에 한 번씩 주기적으로 뿌려주는데도 우리는 몇 개월에 한 번씩 꼭 진드기에 물리고 말았다. 그 지긋지긋한 놈들은 모기와 다르게 두 방을 문다. 아주 좁은 간격으로 빨간 점이 찍히면 그놈이다. 차라리 모기에 물리면 몇 주 간지럽다 말 텐데, 이놈들은 간지러움이 몇 개월이나 계속된다….

이런 치명적인 단점에도 불구하고 다다미는 일본의 역사 속에서 굳건히 자리를 지켜오고 있었다. 개인 주거 공간인 맨션이나 아파트에도 다다미실이 기본 옵션으로 붙어 있을 정도다(요즘은 다 마룻바닥으로 개조하는 추세다).

우리 학교는 공용 PC 공간이 다다미실이었다(다른 대학은 로비에 평상으로 만들어 놓았더라). 학생들은 신발을 벗고 다다미로 올라가 벌렁 드러눕거나 엎드려 쉬곤 했다. 나 역시 조금은 덜 오래된 그 다다미실이 참 좋았다. 은은한 풀냄새가 가두어진 공간으로 들어서면, 마치 학업과 아르바이트로 빠듯한 일과에서 뚝 떨어져 나온 기분이 들곤 했다. '여기서는 푹 쉬어도 좋다'는 사인 같았달까.

20년이 지났다.

나는 어느덧 마흔이라는 나이가 되어 좋아하지 않는 일도 척척 해내는 어른이 되었다. 인생을 함께 할 영혼의 짝도 찾았고 씩씩하게 키워낼 아이들도 생겼다. 간혹 일본을 그리워하기도, 어쩌다 가끔 일본에 다녀오면 '이제 많이 바뀌었구나' 허전해하기도 하는 아줌마가 되었다. 여느 한국 사람처럼 일본 정치에 분통 터져 펄펄 뛰다가도, 나의 젊음을 고스란히 품고 있는 그곳을 아쉬운 마음으로 바라보곤 했다.

이런 내가 추억을 더듬을 수 있는 방법 중 하나는, 무인양품에 놀러 가는 것이었다. 자고로 브랜드란 일관된 콘셉트를 유지하기 마련이므로, 20년 전 일본에 있던 매장 분위기를 지금 한국 매장에서도 똑같이 누릴 수 있는 것이다. 그때나 지금이나 그 브랜드가 계속 존재하기에 가능한 일이었다. 나는 마치 스무 살이 된 듯한 기분으로 이런저런 물건들을 구경했다. 그러던 어느 날, 계산대 옆에서 이상한 물건

하나를 발견했다.

'다다미 다발…?'

다다미 슬리퍼까지는 알겠는데, 다다미 다발? 다발을 왜 팔지? 고개를 갸웃거리며 선반 위의 설명을 읽어봤다.

'소취 작용이라….'

크으. 다다미가 냄새는 확실히 잡지. 풀냄새로 다른 냄새를 다 덮어버리니까 말이야. 구시렁거리며 동그란 다발을 코에 갖다 댔다. 킁킁, 향을 맡은 순간이었다.

"!!!"

단 1초 만에, 내 모든 감각이 옛 기억으로 빨려 들어갔다. 거의 불가항력적인 힘이었다. 나는 교토의 오래된 기숙사 방 안에 서 있었다. 쓰러질 듯한 목조 주택과 뜨거운 여름 열기가 아지랑이처럼 피어오르는, 늦여름 어딘가였다. 일렁이는 시야 속 이불을 걷은 코타츠와 하얀 침대보, 물감이 잔뜩 묻은 책상이 보인다. 현관문 기다랗게 걸어둔 가림막 천과 그렇게 아끼던 스레인리스 조명까지. 모두 씁쓸한 풀향기가 만들어 낸… 4.5조만큼 소박한 환상이었다.

버튼을 눌린 것처럼 눈시울이 붉어졌다. 아니지,

아니지. 울면 안 돼.

'하마터면 다다미 냄새 맡고 우는 여자 될 뻔.'

머리를 흔들면서 다다미 다발을 내려놓았다.

이상하다. 낡은 다다미는 분명 장판으로 꼭꼭 덮어놓았는데. 벌써 스무 해 전이라고, 사진 몇 장밖에 안 남은 시절이라고 가물가물 잊은 줄 알았는데. 어쩌면 나는 대단한 착각을 하고 있었는지도 모른다. 낡아 보기 싫다고 덮어놓으면 그대로 잊힐 거라고 여겼던 걸까. 무심히 지나온 세월은 나도 모르는 사이 차곡차곡 골풀 향기에 배어들고 있었다. 뇌신경 어딘가 깊은 바닥에 거스러미가 인 채로 잘 보관되어 있었다. 단 1초 만에 생생하게 되살아날 순간을 기다리면서.

나는 소취 작용에 좋다는 다다미 다발 대신, 골풀 모종 열 개를 사들여 앞마당에 심었다. 대왕 다발을 만들어 보겠다는, 다소 우스꽝스러운 집념이었다. 나의 20대를 숙성해 준 향기가 다시 무럭무럭 자라나길 바라며 열심히 물도 주었다. 몇 개월이 지나 풀이 길게 자라날 때 즈음, 드디어 밑동을 싹둑 잘라 한 묶음으로 만들었다. 그러나… 아무리 코를 들이대 봐도 향기가 나질 않았다. 다다미를 만드는 과정에서 들어가는 염료나 일련의 공정들이 빠졌기 때문이었다. 추억의 향기란 그런 것인가 보다. 오래오래 담그고 뜨겁게 쪄야 배어나는. 툭 끊어질 듯 가느다란 하루를 씨줄 날줄로 엮어 한 몸 늴 자리로 만들어 내는. 어느덧 낡아져 저 밑에 감추어 두어도 문득 그리워지고야 마는.

자전거 탄 풍경

나의 갈색 자전거는 골목을 잘도 달렸다. 좁디좁은 수로 곁을 달리고, 논밭을 가로지르고, 구불구불한 언덕을 씩씩하게 오르내렸다. 봄은 자전거가 가장 사랑하는 계절이었다. 강변을 따라 몇 킬로씩 이어지는 벚나무들 아래를 지날 때면 끝없는 벚꽃 비를 맞을 수 있기 때문이다. 팔랑팔랑 떨어지는 연분홍 꽃잎이 수도 없이 이마를, 볼을, 코끝을 스치고 날아간다. 비록 오래된 나무뿌리를 넘느라 덜컹이는 안장에 엉덩이가 아파도, 봄은 황홀경이었다.

버스가 들어갈 수 없는 좁은 골목길로 들어서면 자전거 이놈은 콧대가 솟는다. 보란 듯이 주택가를 요리조리 돌아다닌다. 우리는 색색의 대문들과 그 안에서 정성껏 가꾸어져 자라나는 이름 모를 꽃들을 구경했다. 담장 대신 길게 뻗은 해바라기, 오후 세 시마다 홀로 나와 캐치볼을 하는 꼬마, 대나무 국자로 마당에 물을 뿌리는 장어 가게 안주인. 매일 보는 풍경들을 눈에 담느라 매번 속도가 느려지지만 상관없다. 졸업을 앞둔 어느 날, 나는 갈색 자전거에게 마지막 인사를 건넸다.

"그동안 고마웠어."

5년간 매일 함께 달렸으니 그 정도 인사는 아주 당연한 것이었다.

한국에 오자마자 운전면허를 땄다. 차가 없으면 돌아다니기 힘든 시골 마을이라 어쩔 수 없는 선택이었다. 간혹 자전거를 타는 사람들을 마주치기도 했는데, 대부분은 머리부터 발끝까지 풀세팅을 하고서 꼭 경주마처럼 차도를 달렸다(내 갈색 자전거가 그 모습을 봤다면 아주 식겁했을 것이다). 당시 부모님이 거주지를 해외로 옮기게 되는 일이 있었다. 나는 자연스레 부모님의 낡은 차를 물려받았다. 처음엔 운전이 어색했지만 시간이 지나자 점점 멀리 다니는 것에 익숙해졌다. 자전거로는 엄두도 못 낼 만큼 먼 목적지를 빠르게 갈 수 있다는 것은 새로운 즐거움이었다. 그러나 시원한 에어컨 바람을 쐬며 고속도로를 달리다가도, 종종 창문을 내리고 싶은 충동이 올라왔다. 허벅지가 터질 듯 페달을 굴릴 때 이마의 땀을 식혀주던 맞바람. 귓가를 휘휘 시끄럽게 굴던 그 바람 소리가 못내 그립곤 했다.

나는 그렇게 돌아오고 싶었던 고국에서 적응하지 못했다. 매일 죽을 것처럼 아파 점점 몸이 말라갔다. 십여 년이 더 지나서야 그것이 우울증이라는 병임을 알게 되었다. 과정은 길게 얘기하고 싶지 않다. 중요한 건, 당시 나의 상태가 너무나 절박했다는 것이다. 그건 마치 고속도로 한가운데에서 조난을 당한 느낌이었다. 모두가 저마다의 자동차로 쌩쌩 달려가는데 나 혼자 맨발로 아스팔트를 걷는 것 같았다. 지나가는 차들이 일으키는 바람에 맞아 몸이 휘청 무너진다. 서럽다. 아지랑이 속에 일렁거리는 저 목적지는 오아시스일까, 신기루일까.

시간은 끈적하고 느릿하게 흘러갔다. 뭐라도 다시 배워야지, 오랜만에 결심을 하고 지하철에 몸을 싣던 아침, 공황이 왔다. 갑자기 귀가 안 들리더니 눈도 멀어버렸다. 말 그대로 귀와 눈이 멀어서 더듬거리며 문을 찾아 내려야 했다. 수많은 직장인의 출

근길에서 나는 몇 정거장 가지도 못하고 중도하차
했다. 비상사태가 아닌데 몸이 제멋대로 비상사태
를 선포하고 몇 분간 셧다운을 내린 것이다. 그래도
살기 위해선 뭐라도 해야 했다. 학원을 오전에서 오
후 시간대로 바꿨다. 그곳에서 배운 기술을 가지고
직장도 구했다. 만원 지하철과 버스를 타지 않아도
괜찮은 거리. 그러니까, 자전거를 타고 다닐 수 있는
아주 가까운 곳으로.

'대여를 종료합니다.'

비록 사용 시간에 따라 돈을 내야하는 공공 자전
거였지만, 자전거를 탈 수 있다는 것만으로도 마음
은 훨씬 편안했다. 점심 시간을 쪼개 일부러 자전거
를 타고 공원을 한 바퀴 돌기도 했다. '피프틴'. 그 공
공 자전거의 브랜드명이었다. 자전거의 평균 시속을
딴 이름이라고 했다. 15킬로. 내 인생의 속도였다.

반면, 세월은 나만큼 느리지 않았다. 눈치채지 못
하는 사이 누구보다 빠르게 흘러, 10년이 훌쩍 지나
가 버렸으니. 그동안 내 몸은 좋아졌다가 안 좋아지
고, 다 나은 듯하다가 곤두박질치기를 반복했다. 급

기야 결혼식 도중에 쓰러져 구급차에 실려 가기까지 했다.

"보호자 되십니까?"

"네, 남편입니다."

구급대원과 남자친구… 아니, 방금 남편이 된 사람의 대화가 들렸다. 세상에, 혼인 선언을 구급차 안에서 하게 될 줄이야. 이런 별의별 사건 속에서도 삶은 계속되었으니. 나는 어느새 무사히 아이를 낳고, 새로운 직장을 구하고, 하고 싶었던 일들에 조금씩 발을 담그며 살아갈 수 있게 되었다. 내 의지와 상관없이 셧다운 내리는 몸을 다루는 방법도 배워나가고 있다.

이제 나는 자전거의 속도로 달린다. 세상이 얼마나 빠르게 흘러가든, 주변의 누가 얼마나 빨리 앞으로 나아갔든 상관없다. 내겐 15킬로가 딱 맞는다. 초등학생 시절에는 하굣길마다 개미도 구경하고 길고양이 옆에 눌러앉아 놀기도 했다. 왜 이제야 오냐고 엄마에게 혼이 나도 다음날이면 똑같이 뭉그적거리던 그 천성이, 어른이 되자마자 극도의 효율을 따지게 된 게 문제였다. 더 예리하고, 부지런해지고, 빈

틈없이 완벽해져야 한다고 스스로 다그쳤다. 사회에서 용납될 수 없는 자아를 쉽게 내다 버렸다. 밟아도 안 나가는 차를 끌고 고속도로에 나와 풀 악셀을 밟아댔다. 사실은 자전거로 골목이나 누비고 싶었으면서.

'공부에 쏟아부은 돈이 얼만데. 고작 골목에서 자전거나 타자고 그 시간을 투자했다니, 인정할 수 없어.'

달리다 길을 잃어도 고속도로면 쪽팔리지 않을 거라고 생각했던 걸까. 몇 번이고 차가 퍼지고 나서야 알았다. 내가 보고 싶은 풍경은 이곳이 아니란 걸.

교토타워에 올라갔던 날이 생각난다. 타워 꼭대기에 올라가면 교토를 한눈에 내려다볼 수 있다고 해서 지인들과 함께 갔다. 북적이는 버스를 타고 30분을 달려야 했다. 온갖 사람들과 전시물들이 가득한 곳을 이리저리 헤치며 전망대까지 올라가는 데 한 시간 가까이 걸린 것 같다. 교토가 한눈에 보인다는 말은 사실이었다. 다만 안전을 위해 두껍게 대놓은 유리가 그렇게 뿌연지는 몰랐다. 360도로 휘어진 창을 통해 바라본 세상은 멀미가 났다. 손때와 모래

먼지에 이리저리 긁힌 자국들도, 약간 푸른 기가 도
는 유리의 색감도 생생한 감상을 방해했다. 얼른 집
으로 가서 두 발 뻗고 쉬고 싶은 마음뿐이었다. 그런
데 예상치 못한 어느 날, 전혀 예상치 못한 곳에서
교토를 한눈에 바라볼 수 있는 기회가 다시 주어졌
다. 그곳은 어학을 배우러 다니던 대학교의 허름한
옥상이었다. 남는 시간을 때우려고 학교 이곳저곳
을 다니던 중, 어쩌다 보니 계단을 올라갔고 어쩌다
보니 옥상으로 나가는 문을 열었는데.

　"……!!!"

　눈이 멀 것처럼 강렬한 노을이 시야를 강타했다.
건조한 가을바람이 훅 끼쳐온다. 두 눈을 찌푸린 채
온통 주황빛으로 물든 주변을 둘러보았다. 잡담을
나누며 깔깔거리는 몇몇 학생들. 더 이상 사용하지
않아 구석에 쌓아놓은 책상과 의자, 낙서처럼 벽 여
기저기에 묻어 있는 페인트 자국이 눈에 들어왔다.
학원물 드라마에서나 나올 법한 그 풍경 너머에서,
나는 한눈에 펼쳐진 교토를 보았다. 지평선 가득 펼
쳐진 수백, 수천 개의 청기와들이 이글거리는 노을
에 잠기는 모습을. 건물들은 타오르는 빛에 대항하
듯 진한 그림자를 드리웠다. 도시를 두른 산맥들도

뚜렷한 윤곽을 드러내며 찬란하게 빛났다. 하늘에 펼쳐진 구름마저 지면에 낮게 깔려 손에 잡힐 것만 같았다. 실금같이 빛나던 구름의 가장자리가 서서히 분홍빛으로, 시원한 보랏빛으로 변한다. 흐르는 시간만큼이나 생생하고 벅찬 광경 속에서, 나는 그렇게 한참을 서 있었다.

누구도 쉽게 닿지 못할 까마득히 높은 곳. 안전한 유리 너머로 사람과 차들이 개미처럼 기어다니는 풍경을 바라볼 수 있는 곳. 그곳에 내 행복은 없었다. 그러나 매일 다니는 학교 옥상의 눈높이에서는 아주 분명하게 찾을 수 있었다. 나는 따듯한 볕과 바람이 피부에 닿길 원한다. 아주 작은 것을 충분히 볼 수 있을 만큼 가까이 다가가고, 여유롭게 달리길 원한다. 이마를 스치고 날아가던 벚꽃잎을 난 얼마나 사랑했던가. 꽉 잡은 핸들에서 느껴지는 보도블록의 진동과, 때맞춰 천천히 넘어가야 하는 작은 턱들. 땀이 나게 달리다가도 언제든지 멈춰 서서 가만히 오리 떼를 감상할 수 있었던 시간. 소중하게 낭비되는 그 시간을 나는 얼마나 그리워했던가.

"야, 좀 천천히 가자!"

그렇게 소리 지르면 우쭐한 표정으로 속도를 늦춰주던 친구. 중간에 멈춰 숨을 고르다 각자의 목적지로 손을 흔들며 사라지는 친구가 얼마나 그리웠던가. 고속도로에서 가까스로 빠져나온 나는 다시 나의 사랑하던 샛길로 들어선다. 이 좁은 골목길에서 필요한 효율성이란, 헐렁해진 자전거 체인을 조이고 기름칠을 하는 것 정도다. 기름때로 손바닥이 까맣게 더러워지지만 오히려 기분은 상쾌하다. 복잡할 것도 없다. 오른발, 왼발, 페달을 밟으며 앞으로 나아가면 된다.

자전거로 달릴 것이다. 좁은 강변 길 떨어지는 벚꽃잎 사이를 달릴 것이다. 빗방울과 함박눈을 맞으며 달릴 것이다. 오래된 수로 옆에 피어난 수국을 볼 것이다. 매일 같은 교차로를 건너는 노인과 그 발걸음에 보조 맞춰 걷는 늙은 개를 볼 것이다. 두 개의 바퀴로 달리는 또 다른 누군가와 친구가 될 것이다. 그리고 늦지 않게 집으로 돌아와, 작은 정원이 딸린 집에서 가족들과 함께 저녁을 먹을 것이다.

이토록 완벽한 실수

"하아… 가기 싫어!"

잔뜩 어질러진 방 한가운데로 손가방이 퍽 하고 내리꽂혔다. 방금 아이를 시댁에 맡기고 왔고, 곧 오사카로 여행을 떠날 참이다. 그러나 어느 때보다 행복해야 할 타이밍에 나는 훌쩍거리고 있었다. 5년간 주야장천 오사카만 다녀서 짜증이 난 건 아니었다. 물론 이번에야말로 좀 다른 곳을 가보고 싶었던 건 사실이다. 하지만 같이 여행을 떠나는 세 가정 모두 '오사카, 교토의 벚꽃'을 보고 싶어 했고, 나도 딱히 다른 추천 여행지가 떠오르지 않아 다수결에 동의했다. 다들 어디로 놀러 가고 무엇을 먹을지 들떠 있었다. 우리 부부만 빼고.

당시 우리 부부는 생활이 무척 빠듯했다. 어떻게

하면 추가로 돈을 벌 수 있을까 여러 가지 아이디어를 내곤 했는데, 그중 하나가 보따리 장사였다. 일본에서 예쁜 소품들을 사서 오픈 마켓에 팔아보면 어떻겠냐는, 무척 단순한 발상. 그 발상이 하필 이번 여행과 맞물렸다. 여행의 목적은 관광이 아닌 비즈니스가 되어버렸다. 급하게 계획을 짜려니 오만 스트레스가 몰려온다. 물건을 싸게 사려면 일본에서 허가한 판매자 등록증이 필요하고, 사이트에 신청을 해야 하고, 기간이 어쩌고저쩌고…. 하여, 차곡차곡 쌓아온 압박감이 출발 당일에 빵 터지고 만 것이다.

도둑이 왔다 간 듯 난장판이 된 집을 두고 공항으로 향했다. 마음이 계속 어수선하다. 가봤자 업무 시작일 테니 기대감도 없었다. 설상가상 먼저 오사카에 도착한 일행이 트렁크를 분실했다며 국제전화까지 걸려 왔다. 역무원에게 이것저것 부탁하고 전화를 끊자 한숨이 나왔다.

'난리구만.'

공항에 도착하자마자 서둘러 체크인 카운터로 갔다. 다행히 사람이 많지 않다.

"어디 가세요?"

e-티켓을 훑어본 직원이 건조하게 물었다.

"오사카요."

우리도 무표정하게 대답했다. 빠른 타이핑 소리가 들리고 매끈한 종이 두 장이 나왔다.

"19번 게이트 앞으로 두 시까지 가시면 됩니다."

19번 게이트라…. 안 그래도 피곤한데 게이트마

저 멀디멀구나. 터덜터덜 걸어 건물 거의 끝에 도착한 우리 두 사람은 대기석에 풀썩 주저앉았다. 아무 대화 없이 두 시가 되기를 기다린다. 나 빼고는 모두가 행복한 얼굴이다. 벚꽃이 그렇게도 좋더냐.

짧은 안내 방송이 대기 장소에 울려 퍼졌다.

"789편 오키나와로 출발하시는 승객께서는 19번 탑승구로 탑승해 주시기를 바랍니다."

"……엥???"

우리 부부의 눈이 개구리처럼 튀어나왔다. 저게 지금 무슨 소리지? 벌떡 일어나 주머니에서 재빨리 티켓을 꺼냈다. 직원이 빨간 색연필로 그어준 곳을 손가락으로 짚었다.

오후 두 시. 19번 게이트.

핸드폰을 열었다. 현재 시각 한시 사십오분. 고개를 들어 탑승구 확인!

"마… 맞는데?"

"왜 오키나와라고 나오지…?"

"망했다! 직원분이 실수하셨나 봐!!!"

너무 당황한 나머지 목소리가 높아졌다. 주변에 앉아 있던 사람들이 우리를 동정 어린 시선으로 쳐다봤다.

'이럴 시간 없어.'

나는 제일 가까이에 지나가고 있던 항공사 직원을 향해 뛰었다. 이마에 마구 식은땀이 솟는다.

"저기요! 정말 죄송한데요, 이거 발권을 잘못해 주신 것 같아요! 분명 오사카행으로 예약했는데 오키나와 티켓을 주셨어요!"

"네…?!"

티켓을 받아든 직원은 나만큼이나 당황한 얼굴이 되어 대답했다.

"오사카행 비행기는 오늘 오전에 다 떠났는데 요…?"

오늘 오전에… 다 떠나?

뇌가 정지된 채로 다시 남편을 돌아보는데, 어째서인지 남편이 실성한 듯 웃고 있는 게 아닌가.

'뭐지?'

표정에 출력 오류가 났나. 도무지 무슨 상황인지 이해가 되질 않는다. 나는 직원과 함께 비식비식 웃고 있는 남편에게로 다가갔다.

"왜 그래? 뭐가 어떻게 된 거야?"

"아…… 티켓 잘못 예약했다."

"뭐?!"

우리 부부의 대화를 들은 직원은 안심하며(?) 떠나갔다. 그리고 이제는 내 표정에 출력 오류가 생겼다.

몇 주 전, 나의 사랑스러운 남편은 항공사 홈페이지에 이벤트가 떠 있는 것을 발견했다. 오사카행, 그리고 오키나와행. 행선지를 헷갈려서 세 번이나 신청하고 취소하는 수고를 반복하긴 했지만, 어쨌든 잘 처리하여 나에게 예약을 끝냈다고 알려주었다. '어머, 어디 봐봐' 같은 더블 체크 과정은 없었다. 준비에 치여 만사가 귀찮고 버거웠으니까. 그러니까

이 상황의 절반은 내 책임이기도 했다.

"789편 오키나와로 출발하실 승객께서는 지금 19번 게이트로…."

어이가 없는 나머지 뱃속부터 와하하 웃음이 터져 나왔다. 너무 황당해서 서로의 얼굴만 봐도 꺽꺽거릴 지경이었다. 다리에 힘이 풀려 주저앉아 있는 동안 우리의 귀에는 몇 번이고 '오키나와'라는 생소한 단어가 들려왔다. 생각해 보면 체크인 때부터 이상했다.

"어디 가세요?"

"오사카요."

우리의 대답을 들은 직원이 옆에 있던 동료를 향해 작게 속삭이는 게 들렸다.

"오키나와야."

그때는 그냥 직원끼리 수다를 떠는 줄로만 알았다. 설마 우리를 행선지 이름도 모르는 모자란 부부로 보고 있었을 줄이야. 나는 다시 한번 헛웃음을 터트리며 항공권을 살펴보았다. 아까는 무심코 지나쳤던 OKA라는 세글자가 이제야 눈에 들어온다.

'맞다…. 오사카는 OSK였지.'

OKA와 OSK. 이건 좀… 헷갈릴 만했네. 우리는 줄어드는 탑승구 행렬로 시선을 돌렸다.

"5분 뒤에는 보딩이 마감될 예정이오니…."

아뿔싸, 단톡방! 나는 재빨리 핸드폰 화면을 열었다. 자판을 옮겨 다니는 엄지손가락에 초인적인 스피드가 실린다.

[죄송합니다!!! 이 글 보시면 정말 황당하시겠지만… 티켓을 잘못 예약해서 저희는 오키나와로 갑니다. ㅠㅠ]

실수를 너무 늦게 알았다, 오늘 오사카 비행편이 다 마감되어서 취소할 수가 없다, 자세한 건 도착해서 다시 말씀드리겠다는… 대략 죄송함을 스트레이트 펀치로 날려버리는 엄청난 내용이었다. 탑승구로 향하는 걸음마다 황당해할 지인들의 얼굴이 하나씩 떠오르는데… 아아, 아무도 메시지를 안 읽는다!

가엾은 남편은 좌석에 앉자마자 부리나케 숙소를 검색했다. 이륙 직전 비행기 모드로 바꾸기까지, 숙소를 예약하는 과정이 흡사 긴급 작전을 방불케 했다. 그 모습마저 헛웃음이 터지는 광경이라 나는 계속 입을 틀어막고 있어야 했다. 오키나와라니. 지금 오키나와를 가고 있다니! 오키나와에 대한 것이라고는 '오키나와' 네 글자밖에 모르는데! 당장 두 시간 후 단 한 번도 검색해 보지도 않은 섬에서 관광을 시작하라니! 눈을 질끈 감았지만 눈치 없는 광대는 계속 하늘로 치솟았다.

오키나와 공항에 도착하자마자 핸드폰을 켰다. 단톡방은 거의 ㅋㅋㅋ로 도배되어 있었다.

[오사카역에서 도둑맞은 트렁크는 찾았어. 내용물은 다 사라지긴 했는데… 너희가 오키나와로 가 버린 게 너무 웃겨서 하나도 안 슬프다. ㅋㅋㅋ]

예… 다행입니다.

[그리고 예약한 숙소 있잖아. 가보니까 방이 세 개야. 너희 왔으면 거실에서 잘 뻔.]

다… 다행…!

세상에. 실수가 뭐 이렇게 쌍방으로 완벽하나. 어떻게 짜맞춘 듯 아귀가 딱딱 들어맞을 수 있는지 신기하기만 하다. 기왕 간 거 즐거운 시간 보내고 오라는 일행들의 위로 덕분에 조마조마했던 마음은 언제 그랬냐는 듯 편안해졌다.

119에 실려 가느라 떠나지 못했던 우리의 신혼여행이 생각났다. 그때도 모든 계획이 백지가 되었지만, 다른 게 있다면 지금은 병원 안이 아니라 따뜻한 남쪽 섬에 있다는 사실이었다. 우리는 매일 부지런히 거리를 돌아다녔다. 마치 커다란 선물 상자를 받은 아이가 리본을 풀 듯, 호기심 가득한 눈으로 골목 이곳저곳을 기웃거렸다. 문을 닫은 가게는 지나치고 문을 연 가게는 들어간다. 문을 닫은 식당은 포기하고 문을 연 식당에 들어간다. 그것만으로도 충분히 즐거운 시간이었다.

현재 우리 집 거실 한쪽 구석에는 그때 들른 가게에서 산 우드 모빌이 달려 있다. 아빠 염소와 아기 염소 두 마리, 나무 한 그루가 달려 있는 아주 사랑스러운 모빌로, 시골에서 염소를 키우며 사는 어느 가족이 만들었다고 한다. 그 모빌을 볼 때마다 나는 내가 원하는 여행이 어떠한 것인지 떠올린다. 계획된, 생산적인, 대중적인, 일반적 가치가 있는, 기억에 남아야만 하는… 이런 수식어가 우수수 떨어져

나가도 썩 괜찮았던 여행. 해치워야 하는 일도, 꼭 가서 봐야 하는 장소도, 반드시 먹어야만 하는 음식도 없이, 그저 춤추는 아기 염소처럼 편안했던 시간. 그것은 사랑하는 사람과 손을 잡고 걸었던 아침이었고, 몇 시간씩 소책자를 보던 서점이었으며, 군것질거리가 즐비한 편의점, 길가에 핀 생소한 꽃들이었다. 그리하여 여행의 리뷰는 그때의 감상만큼 단순하다.

어느 초등학생의 일기처럼, 아주 멋진 7일간의 여행이었다.

뜻하지 않는 기쁨

초판 1쇄 발행   2024년 12월 24일

지은이   사니
펴낸이   서재필
책임편집   김현서

펴낸곳   마인드빌딩
출판등록   2018년 1월 11일 제395-2018-000009호
이메일   mindbuilders@naver.com

달로와는 마인드빌딩의 문학 브랜드입니다.

ISBN 979-11-92886-73-2(03810)